懂吗 懂了

贾维国 著

中国言实出版社

图书在版编目（CIP）数据

懂吗　懂了/贾维国著.－－北京：中国言实出版社，2019.2

ISBN 978-7-5171-3049-9

Ⅰ.①懂… Ⅱ.①贾… Ⅲ.①散文集－中国－当代 Ⅳ.① I267

中国版本图书馆 CIP 数据核字 (2019) 第 010395 号

项目监制：赵泽祥 idobook@126.com
选题策划：李彦昌
责任编辑：张　强
出版统筹：冯素丽
封面设计：仙　境

出版发行　中国言实出版社
　　　　　　地　　址：北京市朝阳区北苑路 180 号加利大厦 5 号楼 105 室
　　　　　　邮　　编：100101
　　　　　　编辑部：北京市海淀区北太平庄路甲 1 号
　　　　　　邮　　编：100088
　　　　　　电　　话：64924853（总编室）　64924716（发行部）
　　　　　　网　　址：www.zgyscbs.cn
　　　　　　E-mail：zgyscbs@263.net
经　　销　新华书店
印　　刷　北京华创印务有限公司
版　　次　2019 年 8 月第 1 版　　2019 年 8 月第 1 次印刷
规　　格　710 毫米 ×1000 毫米　1/16　12.5 印张
字　　数　144 千字
定　　价　45.00 元　　ISBN 978-7-5171-3049-9

谨以此书
献给我的妻子刘凤书

贾　哥

贾哥，是我哥。虽非亲属，也没有歃血为盟，但在一起时，感觉就是舒服——我俩之间是那种相知相得的意味。

我是个喜欢分享的人，那时候刚有微信，强迫症似的让人加，有个天天给我打电话的家伙就是不干，直到我急了："不像你，我电话费可没地儿报销。"他这才加了，而且一发不可收拾。还有写书，我是无心插柳柳成荫，搞了一套段子系列，结果在机场走红，八年多时间，一股脑儿地出版了二十多本。

律师同学储贺军叫我一鼓动，与我合著了一本《全都不靠谱》，也卖得挺好。还有我儿子滕达，从保险公司辞职了，专事写作，《神探蒲松龄》出版三部，院线电影由成龙主演，排在 2019 年春节档，第二本《伦理局》更好……嘿嘿，不方便剧透了。

十几年前，贾哥在北京承租了一幢写字楼，还有十来排的三层联排别墅。隔个一两周，他就打电话了："兄弟啊，又想你了。"贾哥不善饮酒，但爱好茶，搞了很温馨的茶室，一边品一边聊，天南海北、大事小情，尤其是各自的亲身经历。我那时就说，哥啊，你口才这么好，又有时间，还不如写下来。他笑着摇头，说道："你口才比我还好。"

后来贾哥回到大连，做生意之余，开了一间茶馆，叫水无忧，是不是"青山有意难遮去，流水无忧兰舟催"的意思呢？我没细问，反正智者乐水，他起这个名字倒是毫不奇怪。在辽宁朋友很多，回沈阳自然是去父母和妹妹家，去盖州多在崔俊峰兄弟的小雨会所，而到大连基本是白天饮茶、晚上喝酒。贾哥一两瓶啤酒的量，还好另一位飚爷马洪飚善饮能唱，每一次哥儿几个都折腾得热火朝天。

出书后，免不了赠送亲朋好友，贾哥叫好之余，甚至网购百八十本，放到水无忧分享，或者作为礼品，搞得好几任服务员都有我的签名书。喝茶时自然清醒，我又念叨起写作的事，理由很简单：我都能写，何况你乎！一而再再而三，贾哥只好写了。

有料没料究竟不同，朋友圈一发，立刻一片叫好声。我暗喜之下，便以《贾市长纪事之××》名义转载。每天众多的留言中，我的博士同学汤世生最为积极，这可是中金公司创始人，宏源证券董事长，平时以读书多而精著称，眼光当然挑剔。有一回，汤哥特意给我打电话："贾市长纪事之十九，把我看哭了，因为我想起自己的母亲。"还说另外两篇也好，甚至可以上小学语文课本。我问文风如何，他说近似许地山，甚至更好些，但也有些勉强之作，建议修改修改。

贾哥也真是有毅力，天天坚持，一口气写了将近三个月。有一天，他跟我微信："兄弟，有点写不动了。"我乐了，答道："哥啊，其实差不多了。咱们可以整理出书了。"贾哥说能行吗，我肯定地说："当然行！"

于是请了专业出版人李老师来做策划，才有了今天的这本书。

关于书名，可是起了一堆。贾哥自己喜欢《不言沧桑》《借来人间四月天》等，我春节前在水无忧，给定了一个《懂事儿》。最后李老师建议叫《懂吗 懂了》，获得一致认可。

贾哥人生经历非常丰富，小时候家境贫寒，后来校园苦读，到了万人大矿，从办事员一直做到总部的经营副厂长，后来又去辽南的两个县级市做了副市长、常务副市长，当打之年毅然下海——当然这与我的不断鼓秋有关，到北京举目无亲，硬生生打下一片天地。考虑到老人孩子诸多因素，他最后选择回了大连，过起了相对优裕的生活。

贾哥在任何情况下，都死死地守着自己的底线——尊严。无论是对他自己，还是对我，抑或是对每一位读者，现实生活中能保守自身的尊严，那是何等不易啊！

在小乡村，父亲在外懦弱，在家却是暴君，他身为长子如何自处；隔壁堂兄弟四人如狼似虎，骂人打人不算，甚至敢杀人，他是采用怎样的方法让他们跪地求饶；校园里，他是最穷的丑小子，却为何能够摘走系花，与其双宿双飞；在辽宁万人大矿，他又经历了何等的煎熬，才执掌了经营大权。这门门派派、大事小情，需要怎样的智慧啊！

我问过他多次：再往上走走啊！有次他酒后说："老娘说了，官不在大小，不能动钱。"还有来京，我劝他去北大念了 MBA 班，那时项目难找啊，他说："别说违法，就是违点规的事，哥也不能碰啊。"

本来京城机会多多，贾哥稳稳站住了脚跟，却带着拿到了北京户口的一家人，毅然回到了大连。他觉得，一个人晚年的幸福指数取决于心态，知足才能常乐。他经常告诉我，要饮酒有度，叹道："兄弟，我们在家族中不属于自己啊！老妈老爸，还有这么一大家子人，全都指着我们呢，必须站直喽别趴下。"

今年清明节后，我从大连回京，说好了不喝，还是挺尽兴。借着酒劲儿，贾哥说："兄弟，你再把普希金的那首《假如生活欺骗了你》，用大连话给我们来一遍呗。"我说没问题啊，这比讲《民国人物列传》容易呀。

假如生活抓呼了你
拜叽歪、拜墨迹

悠着点、拜瞎闹腾

就像只蛹趴在地上

故涌、故涌

一直向前故涌……

总有乐呵的时会

你变成了扑了蛾子

愿意咋飞

就咋飞吧

是为序。

滕征辉

于北京圣馨大地

2018 年 5 月 13 日

懂事儿

只要有人的地方就会有事儿：政治家有政治的事儿、商业精英有商业的事儿、老百姓有老百姓的事儿，而且人越多的地方事儿就越多，越复杂。

过了天命之年才明白：一直不停地折腾着自己的都是各种各样的事儿，其中有国家的事儿，也有个人的事儿；有高尚的事儿，也有苟且的事儿；有欢天喜地的事儿，也有焦头烂额的事儿。在同各种大事儿、小事儿的博弈、妥协、周旋中，不知不觉我已步入生命的后半程。

回想这一路走来，无论处于何时何地，什么样的境遇中，都有躲不开的事儿，都必须懂事儿。我一直牢记母亲的谆谆教诲：一是要感恩和念好，二是要与人为善，三是要多学本事。

（一）

母亲曾说我小的时候就很懂事儿。

母亲不识字，会讲的故事也不多。但孔融让梨的故事却给我讲了不知多少遍，直到后来再要讲的时候，我就说："妈，您别讲了，我会吃最小的那个梨。"

我不记得自己是从什么时候开始懂事儿的。

母亲不会讲大道理，她说的懂事儿，不外乎要她的子女不与邻家小孩儿吵架、打架；在村里规矩老实，见到长辈打招呼，给老人让路；放学回家帮着挖野菜，自觉写作业……

"文革"时期，村里的几个地主、富农、反革命，被戴上纸糊的高帽游街，不少小孩儿向这些人身上抛石块儿、泥巴，还有的往人家身上放毛毛虫。但是母亲向我千叮咛万嘱咐："只许看，不许动手。"

家里的粮食不够吃，每年夏天都会向邻居借玉米面。等到秋天新粮收割时，母亲让我去还，她都会在足斤足两的基础上再多添一碗给人家。

母亲的教育，便是日复一日、年复一年，用言传身教引领自己的孩子们好好做人。

（二）

我十八岁那年，为了照顾村里因公中毒住院的病号，在鞍山中心医院做了三个月的护工。这是我头一次离开家、离开山沟，独自来到一百多里地外的钢都。

母亲总说："勤快的孩子错不了。"

我牢记着母亲的教诲，天天把病室打扫得干干净净、整整齐齐。我还主动给没有家人陪护的患者打热水、端饭菜……没料到，这点儿跑腿儿的事儿，竟赢得了大家的夸赞，内科病房的患者及医护人员都夸我懂事儿。

小吴姑娘，在隔壁病室护理她患病的妈妈。在我离开医院的前一天晚上，出乎意料地送我一张她的照片，而且背面写着她家的通信地址。我很激动……难道是大家给予我的赞美鼓励，触碰了这位姑娘的心弦吗？

（三）

我小学的班主任张老师，对当年家境贫寒的我呵护有加，也说我是个懂事儿的好学生。

在"文革"中，老师们处境艰难，对学生的要求不便过高。我是班里的学习委员，勤奋努力，成绩优良。学生在课堂上只要不调皮捣蛋，按时完成作业便算是懂事儿的了。教室的玻璃碎了一块，风呼呼地往里吹，我主动用塑料布给封上。记得当时张老师拍着我的小肩膀，表扬我是好孩子。

因为懂事儿，张老师后来坚定地推荐我成为村里的代课老师，让这个在小山村里能够改变命运的唯一机会突然降临到我的面前。

难道仅凭懂事儿就值得让老师给予我无私的奖赏吗？

（四）

我第一次拜见女友的父母，就得到了两位老人的认可，两位老人也说我懂事儿。

在女友家仅几天，我所做的，便是跟着女友的父亲下地干了两次农活，展示一下吃苦耐劳的精神。女友妈妈做饭的时候，我帮着烧火、给水缸打满水。当两位老人向我了解家庭状况时，我诚诚恳恳，实话实说。我也向他们表达了对未来生活的憧憬和信心，做出了照顾好他们女儿的承诺。

是我的真诚使两位老人认可了我吗？

（五）

我参加工作的第一位领导也说我懂事儿。

由一名学生成为古城镁厂的正式职工后，我把那年在医院当护工时陈叔叔对我说的话铭记于心：少说闲话多干工作，少占便宜肯于吃亏，追逐好人远离坏人，道理跟着有本事的人走。

领导也许是看我不声不响地把科室环境整理得井井有条，感到非常满意；也许是觉得我在科室里说话办事有谱儿、可靠，不说讨好的闲话；也许是看我平素态度谦虚，得表扬时不忘形；也许是因为科长最喜欢的那盆花儿没好土，我休息日走进山林，一捧捧收集的那袋子花土让领导暖心了。

（六）

我的成长一路顺畅：十年奋进，我从工厂普通一员晋升为大型国企副厂长。

在从政的那些年里，我由 A 市政府常务副市长改任市委副书记后发生的一件事儿，让我记忆犹新。组织任命我为市委副书记后，我的分工是协助市委书记抓好全市经济工作，而原来这个职务上该有的分工全都被调整取消了，我独立开展工作的空间被压缩了。这也促使我选择了退出仕途，踏上北漂创业之路。

（七）

北漂十年，脱胎换骨。

昨天所有的荣誉，已变成遥远的回忆。

辛辛苦苦已度过半生，今夜重又走进风雨。

我不能随波浮沉，为了我至爱的亲人。

再苦再难也要坚强，只为那些期待眼神。

心若在梦就在，天地之间还有真爱。

看成败人生豪迈，只不过是从头再来。

当我迎着寒风，站在北京南三环丰益桥旁发放招租广告时；当我谦恭地站在社区片警面前，解释为什么自己还没有暂住证时；当我给曾经天天围着我转悠的那位局长打电话，他反过来敷衍我时；当我想借钱周转一下，被哥们儿兄弟婉言推辞时；当我的小公司刚成立，就遭遇"非典"，差点负债累累，却因祸得福毫发无损时；当诸多好友渐行渐远，淹没在岁月的烟尘中时；我用"从头再来"十年北漂的经历，走过了我生命中的艰辛岁月。

这个时候的我，才算真正"懂点事儿"了，因为我可以拿得起放得下了，我拥有了自己人生的"云淡风轻"。

（八）

"懂事儿"本来就是个模糊的、相对的概念。金无足赤，这个世界没有谁是完美的人。

在对成长环境没有选择能力的弱势群体中，成长境遇充满艰辛，常常伴随着贫穷和苦难。如果不努力冲在那个特定群体的中上游，你凭什么沐浴那片属于奋斗者的阳光？

其实，在对某个特定群体进行评价与选择时，只要你比别人"优秀"那么一点点，"懂事儿"那么一点点，甚至"毛病"比身边的人少那么一点点，你都可能脱颖而出。抱怨和气馁、妒忌和偏狭没有意义。这是生态社会中的优胜劣汰，这是生命世界里的物竞天择。

（九）

原来，懂事儿，对人生竟如此重要。

所以，我们要教导孩子在成长中学会懂事儿，在懂事儿中再一次次成长，引导孩子今儿懂点事儿、明儿再懂点事儿，让懂事儿渐成习惯、让习惯成就品质。

倘若父母不教孩子学会懂事儿，总有一天，复杂而残酷的社会一定不失时机、不分场合、不论地点，强制教育你的孩子学会懂事儿。

社会的教育冰冷而无情。社会是江湖，是丛林，从不会"惯"谁的毛病。一个人，尤其是初入社会的年轻人，接受社会教育的代价，往往是沉重的，甚至沉重到不堪的地步。那种教育方式，会让你无法面对，无力承受。

孩子是否懂事儿要看他的父母。教孩子懂事儿，比给他攒钱更重要。因为，懂事儿的孩子，才会有出路。

懂事儿的孩子，让妈妈放心；懂事儿的学生，让老师放心；懂事儿的青年，让领导放心；懂事儿的人，让有交集和有缘分的人放心。

放心的后面是赏识，赏识的后面是信任，信任的后面是机会，机会的后面是成长，成长的后面是机遇，机遇的后面是超越，抑或是超越之后的脱颖而出。然后，也许会是鱼跃鸟飞的海阔天高，也许将是接踵而至的前程似锦。

（十）

有一种存在，叫天生高处。那种注定，有几人可以企及？

有一种成就，叫聚沙成塔。用艰辛，把不可能变成可能！

你付出的每一滴汗水，都会成就你的体魄；你迈出的每一步，都是你走向下一道风景的起点。

初入社会的年轻人"会来事儿"也很重要，比如去给科长收集花土。但这样的会来事儿，不应是人生努力的方向，更不应是生命的主要姿态。但你需要会做，做得恰到好处。

懂事儿，不是会来事儿的那种乖巧。懂事儿是红花，会来事儿就是绿叶；懂事儿是道，会来事儿就是术。懂事儿，是明白做人的道理，是在明理之后，对初心和目标的那份坚守。懂事儿，是形成良好习惯、铸就优秀品质及素质和能力的基石。

关于"懂事儿"，不同的人有不同的境界。兼济天下是懂事儿，独善其身也是懂事儿；胸怀世界是懂事儿，饱暖知足也是懂事儿；求同存异是懂事儿，谦卑克己也是懂事儿……只有懂事儿，才能透彻领会"事出有因"的深刻道理，才能升华提高到"事在人为"的最佳境界。

无论是谁，懂事儿的人生才有担当、有情怀。懂事儿的人生，才活得明白，活得透彻，这样的生命才有意义。

目 录

Do
You
Understand
Yes
—
Get
It

第一章

往事如烟

回首年少时光，

苦难是刻骨铭心的记忆。

母亲给了我生命和信仰，

也教给我活下去的勇气和尊严。

一念，绕过天堂

记得上小学时，离我家几百步远的一个路口旁，住着一户姓杨的乡亲。

杨家有四个儿子，依次叫永仁、永义、永礼、永智。老四永智比我大两岁，我俩偶尔一起下河摸鱼、上山割草。他家和我家一样穷，每年到七八月时，家里就没有粮食吃了，只得靠煮土豆、熬玉米糊充饥度日。

永智十四岁那年夏天，一天，放学回家后，饥饿的永智把锅里的一碗土豆吃了。他只管吃，却不知道这是妈妈给上山割草的三哥留的午饭。三哥永礼回来见锅里空空的，就和永智打起了架。

在农村，干活多的孩子在家里的话语权就多一些。哥俩吵架时，永智被他爹扇了两个耳光。无法得知，平素性情平和的永智他爹，那天究竟遇到了什么不顺心的事儿，那么暴躁。

永智被打后，跑着离开了家。离家一里地的山坡上，有人看见永智坐在一棵小松树下悲伤地哭泣。不想他哭够了，竟用一根细麻绳把自己吊在树上，带着一肚子的土豆和委屈，去了天堂。

当人们发现时，永智早没气儿了。我目睹了乡亲们把永智从树上抱下来，平放在地上的情景。陆续赶来的人围在死去的永智身旁。永智妈哭得昏了过去，永智爹先是沉默不语，后伸手摸着永智的头，老泪横流。突然，永智爹疯了似的伸手打了永智两个嘴巴，嘴里喊着："我的傻儿子呀！你怎么这样啊？怎么这样啊？"接着，就扑通一声跪在了永智身边，撕心裂肺地号啕大哭，且边哭边打自己的嘴巴说着："我干吗为几个土豆逼死儿子呀！"纷纷赶来的乡亲们见状也都忍不住跟着哭了。

我也伤心地哭了。在村里，父母软弱、家境贫寒的孩子常常是会挨欺负的。永智和我一起玩耍，对我很友好，从来不欺负我。永智死后，我们这些玩伴儿时常想起他，谈论他不怕死的勇敢，讨论着"上吊疼不疼呀？""死了以后何年再转世托生呀？"

那个年代，百姓的日子十分贫穷。我们这些穷孩子，兜里连一毛钱也没有。我说要自己挣钱买书本和铅笔，妈妈不相信。因为那时候大人们都找不到门路赚钱，更别说孩子了。

上山挖药材是条挣钱的路，可是我年龄小挖不动。我决定捡废鞋头割鞋底去卖。只是感觉有点难为情，于是我便沿着河边或路边走，等前后没人时再把捡的废鞋头装在书包里。回家后割掉鞋帮，把胶底泡在水里，洗净晾干，这样每只可以卖三五分钱。

几天才能捡一只废鞋头，攒到年底，拢共卖了一元钱。我几乎天天计划着这一元钱的花法：买几个练习本，买一小挂过年放的鞭炮，再给妈妈买一斤过年才吃的酱油和半斤橘子糖块。

邻居有个快嘴二嫂，她把我不小心说出去的"计划"告诉了我的父亲，父亲逼我把钱交出来给家里用。别看父亲在外人眼里是个"软柿子"，没少让人欺负，可在家里却简单粗暴，骂老婆、打孩子是家常便饭。为了防止父亲强行拿走我的一元钱，我每天都提心吊胆的，把钱卷在短裤里。

一天晚上，父亲终于下手了，连打带骂地夺走了我掖在裤腰里一毛一毛叠在一起的一元钱。妈妈因为帮我说情也挨了父亲的打骂。那晚之后好多天，我一直在想如何把我的一元钱拿回来，如何报复父亲，让他难过，让他痛哭流涕。

我想起了永智。我要学习永智，我要报复父亲，让父亲也在我的身边扇自己的耳光，让他跪在地上号啕大哭。可是我又想如果我死了，他既不打自

己的耳光，也不跪地大哭，那我岂不是白死了？尤其想到永智妈后来疯疯癫癫的样子，我就不忍心了。如果我去找了永智，我的妈妈还怎么活下去呢？如果妈妈也陪我死了，那我的姐妹们怎么活下去呢？于是我打消了要报复父亲的念头。

曾经一段时间，每次途经永智自尽的那片山坡时，我心里便有些羞愧，觉着自己没有永智勇敢，想死却没有真的去死，恐怕永智瞧不起。十二三岁的我，向左是天堂，向右是人间，最终我选择了向右，留在人间。

一念之差，绕过天堂。

内向冷漠的父亲，也许并没有反思过，他曾经撕碎了儿子的心，打破了儿子的梦——那是用大半年时间，靠避开别人小瞧的眼神，偷偷编织起来的充满辛酸的梦。那个梦虽然不大，却是用我弱小而宝贵的心灵、尊严、自立辛辛苦苦编织起来的。

我是从贫困与艰辛的社会底层走过来的人，深谙生命中有的沟坎能跨过去，有的却不能。倘若跨不过去，就得蹚着泥水过去，然后晾干了腿脚继续前行。

我用心告诉自己的孩子：在人生旅途中遭遇困境时，须咬牙扛着，好好地活，活过一切艰辛与不公。

齁儿巴

我五岁时，有一天妈妈赶集不在家，让两个姐姐照看我。记不清为了什么，我边吃饭边哭，谁都哄不好。后来我干脆跑到外面的土岗上哭着找妈妈，让冷风呛着了，然后就病了。这一病就是好多年。

得病容易去病难啊！咳嗽气喘，怎么也不好，有时候晚上拱在被窝里咳成一团，满眼泪水。嗓子哑了、破了，是我的常态。

支气管炎是一种慢性疾病，很难根治。二十世纪六十年代的农村缺医少药，再说，家里也没有钱买药。我一咳起来，就只能喝口水压一压。秋天，苹果下来了，晚上咳嗽时可以咬一口苹果缓解一下，没有苹果时，就咬一口白萝卜压一压。咳嗽了好几年，我的背都有点微驼了。

那些年，隔壁的五婶没少指桑骂槐地骂我是"齁儿巴"。

齁儿巴，是北方人对支气管炎病人的一种歧视性的叫法。

我的记忆里，五婶每骂我一次"齁儿巴"，只要是我妈妈听见了，她总会抱着我大哭一场，边哭边自言自语："这病什么时候能好啊？"

语言这东西，无论善恶，只要重复久了，都有惯性和力量。我不知不觉地也几乎认同了自己就是个小"齁儿巴"，只是不喜欢听，也怕别人提到"齁儿巴"这三个字。

五婶骂我"齁儿巴"，这样的恶意让我妈妈伤心难过，也让我那时在心里面特别地恨她。

生活中还有许多的恶是"随意之恶"。 人的心肠一旦少了份温暖就会任性和随意。这种随意，一旦越界干涉了别人的生活，踩踏了别人的痛处或窄处，其伤害是很深的。

在我母亲千方百计寻医问药的努力下，一个又一个偏方、秘方用在了我身上。其中，最好的偏方就是那年农历五月，每天太阳出来之前母亲让我蹲在门前枣树下吃的煮鸡蛋。这些鸡蛋都是母亲从三里五村姓"郝"的人家专门讨来的。鸡蛋本不治病，但"早点好"（枣点郝）的寓意，寄托了我母亲深深的爱意。

后来，我的病真的好了。我自己也说不清楚，我是哪年哪月开始好起来的。

生命的本能

二十世纪七十年代初，学校还没有游泳馆。

炎热的中午，我们一群初中生，常常吃完饭后结伴跑到学校东边的池塘玩耍。池塘是由一个旧水坑扩大的，还没完工，推土机还停在池塘边的空地上。这群十几岁的孩子，也不管那么多，一个个扑通扑通跳进水里游了起来。我不会游泳，坐在边上看着。

突然，有人从背后推了我一把。

我掉进池塘里了。冰凉的池水将我淹没，我开始挣扎，之后开始极度憋闷，一点一点没了力气，再后来开始窒息，水一口一口地往肚子里灌……

挣扎过程是极其痛苦的，很累很累。其间我大脑一片空白，没有任何思考。从水一口一口往肚里灌开始，我就挣扎不动了，大脑感觉轻飘飘的。这时，一个十四岁孩子生命的终极念头浮现了：我回不去家了！见不到妈妈了！妈妈能找到我吗……

突然，我的双手触碰到了什么东西，我抓到了它，死死地抓住不放。然后，我似乎还能听到哗啦哗啦的水声……

一阵呕吐后，倒卧在池塘边的我恢复了知觉。

原来是邻村的杨胖子跟我闹着玩儿，把我推进池塘中然后他自己一个猛子扎进了池塘。他在池塘里游了个来回，看我不见了，水里却有个像大鱼一样的东西向上一蹿一蹿的，他才把我救了上来。

我恢复知觉后，只见杨胖子的胳膊被我抓得青紫。他救我时我已经失去了意识，并不知道有人救我。是生命的本能使我握住了什么东西，死死不放。其实我紧握的正是杨胖子的胳膊。

第一次与死神擦肩而过，那种恐惧永生难忘。我很庆幸，这只是命运跟我开的一个玩笑。我想起了永智，想到自己曾有过的那个念头。突然间，我仿佛明白了些什么，在生命面前，生活的艰辛，命运的不公，根本不算什么，那些小委屈、小挫折更是不值一提。

"讲理"寸步难行

我家老屋的西边是缓缓的山坡，坡上是一片果园。每到春天果树花开，白色的像雪、红色的像火、粉色的像霞，远远望去，层层叠叠好像铺进了天边的白云。

这片果园，是新中国诞生初期，爷爷带领子孙们开垦栽植的。土地改革给农民划分家庭成分时，老人家为了获得"贫下中农"的阶级成分，就把果园交给村里归公了。

围绕这片果园周边的山坡下，住着几十户人家，靠微薄的庄稼收成，过着清贫的日子。

当秋天苹果成熟时，大人、小孩总会找机会摘点苹果吃。所谓靠山吃山靠水吃水嘛！可是一旦被值班人员发现，就要受到批评和处罚。

某天早晨，天刚蒙蒙亮，一群大人、孩子跑到山坡摘苹果。爸爸很纠结，本是咱自家的果园却被充公了，看别人摘苹果眼热，又怕去摘苹果挨罚。

妈妈说："你不甘心，就快点去，趁着人多，法不责众，别人跑你也跑。"

爸爸慢吞吞地吸着烟，犹豫着。突然，他拎起一个袋子，跟大家一道上山摘苹果去了。

"别去了！别去了！人家都往回走了！现在去不是找事吗？回来！

回来！"

妈妈还是没能喊回爸爸。

人们拎着、扛着装满苹果的箩筐和袋子往家跑，爸爸却径直上了山坡，似乎忘记果园已经充公。曾经自家的果园，他知道哪棵树的果儿又甜又脆，之前大家慌乱中，摇得树下满是掉落的苹果，爸爸不慌不忙地捡着，快捡满一袋时，值班人员来了，不由分说地带着爸爸去找村干部。

摊上事儿了！村队长要按规章核定苹果的数量来进行处罚。爸爸辩解说："那么多人摘苹果，你不管？我捡的，你却要罚，还讲不讲道理了啊？"

"你说的那么多人都是谁呀？拿出证据呀！有证据一样罚！"队长说。

妈妈赶来，找队长求情说："队长，咱认罚，咱没看见别人摘苹果，咱没有证据。"爸爸气得满脸通红，站那儿不停地讲理，妈妈好不容易连拉带拽把他弄回了家。

妈妈告诫爸爸："可不能说别人家摘苹果的事儿，这么多邻居，你得罪得起吗？多少年的老邻居，处好了不容易，得罪了就是一句话的事儿。"

后来，妈妈去找了队长的老婆，说了半天好话，临走妈妈把姥姥留给她的那块一直没舍得用的花布送给了队长老婆，之后队长帮忙，从轻发落，这件事儿就算结了。

爸爸在农村，是位勤劳朴实的农民，但他丝毫不会处理邻里、乡亲、村干部等方方面面的关系，多少年来，处处碰壁，当然他不甘心，也不服气。

爸爸读过几年书，在小山村里，本属于有点文化的人。可他一直没弄明白，道理究竟是个什么"东西"。他遇到问题时，似乎一直在讲道理，以争取公平和正义，可惜一直未能如愿。

　　为了支撑这个穷家的生存与生活，母亲清楚村里面的公平、公正在哪里。她虽然不善于讲道理，但她却懂得人情世故。

　　道理，在人情世故里。

　　千百年来，中国人的道理，一直都在人情世故里。你弄不懂人情世故，若在江湖上行走，就寸步难行。

　　道理，在人们的口碑里。

　　如果你为人处世让人舒服，赢得认可，人们将会在一定范围内维护你的公平和正义。当然，也会允许你讲道理。

　　道理，在你的本事和能力里。

　　你若工作出色、技术精湛、能力出众，你就具备资格也会有地方讲道理，甚至可能讲出来公平、公正和尊严。

鸡蛋的用途

我十几岁时，一天去山里砍柴，路遇邻家三哥。他见着我就给我起绰号，叫我"小肥猪"，而且是当着我父亲的面。父亲训斥他，激起了他的痞子劲儿，他用石头砸我们，边砸边喊："小肥猪！小肥猪！"

父亲气极了，打了他一巴掌。这一巴掌打没了家里好几个鸡蛋。

三哥歇斯底里地哭喊着朝家奔。坏了！三哥回家找他大哥和二哥去了，父亲顿时不知所措。三哥及其一家，那可是村里人都惹不起的。母亲知道事情的经过后，马上把三哥请到家里，把仅有的几个鸡蛋给三哥煮了。

母亲当然知道三哥是什么样儿的人，可母亲却直夸三哥懂事，说我和父亲如何不对。那年月是二十世纪的七十年代初，鸡蛋可是农民唯一的"钱"，能交换很多日用品，母亲用几个鸡蛋平息了一场纷争，使我少挨许多欺负。

村里差不多家家户户都砍柳条用来搭豆角架，但护林员抓到谁便算谁的账。父亲也去砍了几捆，结果因为不会说话，又惹事了。母亲拎着鸡蛋去向护林员赔不是，求情，不仅灭了火解了围，还拿回了柳条搭好了豆角架。

事后，父亲仍然不服气地说："大家都砍了，为什么别人没事，专找我的事？"

父亲这一辈子常常讲理、较真，他也几乎纠结、无奈了一辈子。勤劳朴实的他，却始终被排挤在村里的利益边缘，因为他始终没弄明白，说话、处事不仅仅是讲道理，重要的是让与你相处的人感觉舒服，让人认同你、接受你。

在那积弱、贫困的岁月里，我跟母亲学会了示弱，学会了忍耐，学会了妥协，学会了化解矛盾，尤其学会了与人为善。这些品格和智慧引领我一路前行。

在生活中，有时候知识不如方法重要。有些人知识渊博，满腹经纶，可遇到问题时却一筹莫展，束手无策。有些时候妥协示弱往往是走出困境、化解危机的明智选择。它可化敌为友，可柳暗花明，甚至可绝处逢生。

三大爷

三大爷，姓郑，名昌瑞，在家排行老三，按辈分，我父母称他三哥，我们称他"三大爷"。

三大爷中等个儿，有点弓腰驼背，脸上总是挂着笑容，见着村里人就会热情地打招呼，让你觉得那么心暖。他的声音亲切得就像与自己家人说话，再配上那一脸和蔼的笑容，和他说话的感觉就像沐浴着春风。

三大爷没有儿子，只有两个水灵的女儿，知书达理，素静大方。

三大爷是村里出了名的劳动能手，常常是别家早晨刚起来，他已经挑着牛粪或柴火回家了。

三大爷人缘好，从来不欺负老实人，一贯与邻为好、与人为善。没见过他与谁有过纠纷，也没见过谁敢欺负他，包括村里"耍横"的人。

三大爷爱讲故事，讲《三国》，讲《水浒》，有时候讲着讲着就把张飞、李逵讲到一起去了。他从不说张家的长、道李家的短。这叫能说《西游》的"玄"，不言邻里的"闲"。

在这个贫困的小山村里，三大爷家里的生活算是殷实的。一则孩子少，二则人勤劳。家里的院子、大门、猪舍、菜地都井井有条，干净利落、规矩整齐。尤其秋天靠墙搭的倭瓜架，上面吊着的一个个大倭瓜，被他编的草绳托着，就像一件件艺术品挂着展览。

有一天，我去三大爷家里借农具，正赶上三大娘在搬酱缸上压着的石头。一不小心，石头滑落到缸里，缸裂了，酱洒了满地。三大爷赶忙跑过来安慰三大娘说："吓着没有？吓着没有？不要紧，不要紧！过几天咱换个新缸，照样有酱吃。"

作为一个穷山沟里的农民，三大爷普普通通，从没有做出过什么了不起的事情，但日子过得平静，过得踏实，过得温暖，过得幸福，也过得让邻里们羡慕称赞。

说起来，我爸爸和三大爷都是土里刨食的农民。只是我家孩子比他家多了几个，生活困难会大一些，但两个家庭在村里的声誉和生活状态，却有着天壤之别。

三大爷让我明白，人活着不只是生存，还要有像样的生活。只有把自己的生活过好了，才会赢得尊重，获得认同。

与人相处，要会讲故事，不说闲话。

会讲故事的人才有趣，有趣的人才有味。无论沉默是金，还是言多必失，抑或是祸从口出，都是先贤圣哲劝诫人们少说闲话，不让是非侵扰我们的生活。

亲和力赢得人心。

在贫困的山村中，一位没有任何资源、没有特殊才能的普通人，用微笑、和蔼、友善、勤劳和自尊这些优良品格凝聚起来的那股"亲和力"，就是一种可贵的生存力量。"亲和力"会形成口碑，众人口碑所产生的影响力，就是三大爷在这个小山村里赢得尊重的资本。

日子过好了令人尊敬。

　　无论你生活在哪里，无论地位尊卑，穷富贵贱，只要家庭和睦、日子温暖、亲人相爱，都将是生命力量的诠释，别人会从你良好的生活状态和家庭氛围中，衡量或解读你的存在。

救灾款

一九七五年二月四日晚七点三十六分，当全村人都沉浸在农历小年的氛围中时，突然大地摇晃起来，辽宁海城地震了。我用五秒钟冲到了屋外，房子有损毁，家人无伤亡。

亲历地震的感受和科普描述的地震，真不是一回事儿。人从平地上被颠起一米高再甩到两米外，和听说的情景是有天壤之别的。7.4级地震发生的那一刻，只能用四个字形容：天崩地裂。这也是我第一次经历这么重大的自然灾难。

穷山村里的民宅，都是土坯砌成的墙，墙倒了的不少，屋塌了的倒是不多，我们村只有少数轻伤人员，并没有死人，反倒是城里住楼房的伤亡较大。

政府的救灾物资很快就到了。那时候条件有限，这些物资主要有旧的军用棉被、大衣、棉裤和棉鞋，受欢迎的是旧棉被和旧军大衣，而我家就只领到两条旧棉裤。

过了一个春天，救灾款就下来了，按规定房子倒一面墙约补助三十元。我家因地震倒了一面土墙，按说应该有三十元的救灾补贴。可是，一直等到秋天，这笔款也没领到。前院邻居家的人是村里管治安的，他家地震倒了一面墙，自己又拆了另一面墙，领了六十元救灾款，借机把房子翻修了一下。

父母亲多次找村干部催要这笔款，村干部高兴时就说等资金到了就给，不高兴了就说你家那墙据反映地震前就快倒了，可以不给。那时候，村里的农民一天的工分收入才相当于五角钱，这三十元相当于一个农民两个月的收入，对于没有收入来源的穷苦农民来说，就是救命的钱。

老实巴交的父母无奈地打算放弃这笔救灾款，可我就是不甘心。我知道，跟村里的干部只能求，不能闹。可是我家人已经多次苦苦哀求，根本不管用。于是，我决定去找公社的大官——我上中学时在学校一次学习会议上，认识了一位公社革委会副主任。当然，我认识人家，人家应该是不认识我的。

那年，十七岁的我，一大早骑着自行车跑了二十里路，找到了析木公社大同峪村那位闵主任的家，在门口等候。

闵主任三十多岁，是个干练的女干部。正要出门上班的她见到我一大早在大门口站着，就问："小兄弟，你等谁呀？"

我说："您是闵主任，我就是等您的。我有事儿需要领导帮助。"

在陪着闵主任上班的路上，我告诉闵主任，我在学校的会议上听过她的讲话，所以认识了她，我请求她帮我落实国家给的地震救灾那三十元补助。

我能感觉到，闵主任基本相信了我说的话。她让我去村里等着，说一会儿她会给村里干部打电话过问这件事儿。我回到村里不久，闵主任真的来了电话。闵主任的电话还真管用，当下村干部就保证说这笔钱到秋天就会给。

我心里很感激闵主任，以为自己真的为父母争回了这口气，拿到了应得的救灾款。可是，我命苦。不久闵主任就调到县上工作了，这笔救灾款也就没有着落了。

自然灾害对人类命运的威胁虽然重大，却是偶然的；而人性的不善和不公对人类命运的威胁却是必然的。任何人都没有理由瞧不起穷苦的人，更没有理由欺压穷苦的人。

　　十几年后，我也有了点出息，在企业中当了领导，掌握了一点权力，但我始终记着穷苦大众的不易，灵魂深处始终坚守要为百姓服务，为他们谋生活，谋福利。

十八岁的小护工

"二罗"是罗家老二，叫罗桂友。他有位姐姐和一位哥哥。父母早逝，姐弟仨相依为命。二罗和哥哥都是村里最老实巴交的农民，像他这样老实的人，在村里有时是会被人欺负的。

多亏他姐夫是村里的能工巧匠，有姐夫的照顾，三十来岁的二罗，光棍的日子过得还算安稳。他干起活儿来就一个心眼儿，不会偷懒耍滑，一米六〇的个子，胖墩墩的，都是用"劲儿"堆起来的。

一九七六年六月的一天，生产队里运来一马车化肥，二罗自己把两吨化肥扛进了仓库。大热的天，光着膀子，汗水和撒在身上的化肥浸泡着他的身体。从那天晚上开始，二罗全身浮肿，在乡卫生院治疗几天不见好转，就转到了鞍山中心医院治疗。

因化肥中毒，二罗患上了中毒性尿毒症。生产队队长派人去医院陪护，陪护人员除拿队里最高的工分，每天还额外补助六角钱，这事最初没派上我。可是没几天，医院来了通知，让队里换个有点文化的人去陪护。

那年我十八岁，作为队里"有点文化"的青年，被派到市中心医院，给二罗当上了小护工。陪护的主要任务是打热水、订饭、看点滴、帮着服药、协调医护事务、缴纳药费，等等。二罗去卫生间的事儿基本可以自理，这大大降低了我的劳动强度。

我来了以后，二罗特别开心。我辍学回村这半年多，最初干的农活就是跟二罗赶牛车拉土。那段时间，二罗教我学会了套牛车、赶牛车，我们相处得很好。

因为二罗是重患，住在重症病室。大的病室住四位患者，小间住两位患者。二罗住的是小间。晚上，我就把自己的小身板侧在二罗的病床边，屁股担在一个凳子上睡觉。

对面床的病友姓陈，人称"陈八级"。刚开始时，我还觉得奇怪，挺好的老师傅怎么叫这么难听的名字？后来才知道，他是鞍钢机床厂的八级钳工，是技术领军人物，并兼任厂工会副主席。

陈师傅人缘特别好，看望他的人特别多。有人称他"八级"，有人称他师傅，也有人称他"主席"。那时候，一周只公休一天，每逢周日，上午都会有一群人来病室。当客人来得较多时，我便把床收拾好，陪二罗到病房走廊散步去，既锻炼了二罗久卧的身体，又腾出空间，给陈师傅的客人提供了方便。

到热水房排队打开水的活儿我包下了，连同相邻房间的患者，凡没有家人陪伴的，打热水、喊护士等跑腿的活儿我都帮着干，加之二罗的憨厚，我们哥俩赢得了左右病室患友及家属们的好感与好评。陈师傅和他老伴很喜欢我，让我叫他们叔叔、阿姨。

陈叔叔的客人中有不少是厂里各层级的干部。在他住院的一个多月里，前前后后，我见过不少人，有的彬彬有礼，有的热情温暖，有的能说会道，有的庄重绅士……我喜欢看他们相处和交流，他们眼界开阔，说话得体，人情练达。这让我跟着长了不少见识。

　　我头一次看到陈叔叔握男客人的手和握女客人的手，那握法不一样。不满十八岁的我，在这三个月中见的世面，比我在农村十几年的总和还多。

　　有一天，我问陈师傅："陈叔，您技术这么高，人缘也这么好，是怎么做到的呢？"他说："小伙子，你还年轻啊！说多了你也理解不了。做人不容易呀，做个好人更不容易。你记住了，人啊，一定要努力学本领、长本事。你若没本事，怎么做都不行，因为道理跟着有本事的人走；在人群里，少说闲话、多干工作，坚持下去保你没错。要学会少占便宜肯吃亏。离好人近点，离坏人远点。"

　　那天，陈叔叔跟我说了不少人生经验，记忆深刻的那几句对我的人生大有裨益。几十天的陪护时光是短暂的，而我的收获却是受用一生的。更意想不到的是，邻近病室一个陪护妈妈的吴姑娘，在我们出院的前一天晚上，将自己的一张照片送予我，并留下了她家的通信地址，表达了对我的好感。

　　尽管我与吴姑娘因故无缘，但她给予我的那份信任和朴素的人生鼓励，弥足珍贵，让我对未来充满了希望。我懂得了机遇无处不在：好好做人做事，就会得到认可与欣赏。

时来运转

一九七五年秋天，对我来说，是个苦不堪言的秋天。九月一日，学校开学了，我却因家境贫困，无力缴纳读高中的学费，不得不辍学回村里当了农民。

我上小学和初中的时候正赶上"文化大革命"时期。那时候不少学生把老师当作"臭老九"，他们逃课、捣乱、殴斗，耗费着自己的少年时光。我在妈妈和老师的教导下，学完了小学、初中的全部课程。大姐和二姐，也因交不起学费，都没有读到初中就先后辍学回家务农了。我没有理由再继续读高中了，因为家里还有三个妹妹起码也要上完小学呀。

回村那一年，我几乎把所有农活都经历了一遍，尝到了当农民的疾苦，深深体会到了什么是"劳苦大众"。我边干活边盘算着自己的未来：盖上三间瓦房；砌个大点的猪圈，多养几头猪；搭个有防雨棚的厕所；挖口安上辘轳的水井；最后，娶媳妇，生娃。

后来屈指一算，这些不过是自己的美梦；因为按当时的家境和收入，需要三十多年，到我五十多岁时才有可能实现。我很茫然，也很绝望。

在这没有任何出路的小山沟里，要如何才能熬过自己漫长的一生呢？我的前辈们面朝黄土背向青天，一代一代就在这个穷山沟里繁衍生息，生、老、病、死。村里的姑娘们尚有一线嫁出去改变命运的希望，而我却守着贫穷愚昧，甚至面临将来连个老婆都娶不上的困境。

记得村民们讲过，村长好喝点小酒。有一次，村长喝高了回家，摔倒在路边时被刘大救起。刘大就是凭此当上了村里的电工，不知这种说法是真是假。

辍学回村后，我愚蠢地在脑海里偷偷编织着幼稚可笑的美梦：苍天眷顾我，村长又喝高了，摔倒在路边，我巧遇，搀扶护送，他家少女感我救父之恩，奉水一杯，眉目传情，我的"狗运"扑面而来。

在那个"人不出村"的封闭年代里，幻想别的出路连梦都编不出来。所以，我才傻傻地"做梦"，期待村长喝酒、醉酒、摔跟头，然后我挺身而出，"救出"我的梦想和未来。

天不得时，日月无光；地不得时，草木不长；水不得时，风浪不平；人不得时，利运不畅。

时来运转，我的运气来了。一天，我的小学班主任张新梅老师找我，说村小学有位老师要休产假，需要代课老师，让我认真复习小学三年级的课本，准备面试。张老师三番五次地向校长推荐让我获得了面试机会，并顺利通过。

我学会了备课、写教案、阅读参考书，尤其是表达能力显著提高。半年多的代课时光一晃就过去了。我即将与学生们、与共事的老师们、与这段愉快的教书日子告别。我受到了学生和老师们的认可，感到特别知足，而心底的不甘和无奈只能深深地封藏，我还是要回到广阔的黄土地里去"大有作为"。

所谓代课，就是那位休假老师产假结束，我的代课任务也随之结束。代课时间虽然短暂，但对我而言实属难得。我得到了历练，我的心智也明显成熟了。我有了人生的目标和方向——我要努力成为村里出色的一员。

恰逢此时，乡教育办给了学校一个参加统一考试的名额，成绩优异者将成为正式民办教师。校长把这难得的机会给了我，同时，把任务也给了我：只许成功不许失败！好运在我茫然无助之际又向我走来，让我的前途峰回路转，云开日出。

这年初秋，我顺利通过了古城县组织的民办教师资格考试，成为一名正式在编的小学教师。

在一个阳光明媚的上午，古城教委给学校颁发了我的民办教师资格证书。当我从校长手里接过证书时，我知道自己真的成功了。

一九七七年的秋天，对我来说，是小山村最美丽的一个秋天，因为我的心情格外美丽。张老师费尽周折，好不容易将代课机会给了我。刚过了半年多的时间，我就由代课老师转为正式的民办教师，实现了我个人命运的重大转折。这些我想都不敢想的东西，竟然成真了。

回想这些成长经历，我感慨良多：

运势，需要滋养。好品质和好习惯、好能力和好学养、好态度和好观念、好平台和好圈子等都是吸引、蓄养运势的源泉。

如果我不是一个尊重老师的好学生，谁会愿意在第一时间告诉我代课的机会，谁还会全力举荐呢？如果我没有好的学习基础，怎么通过面试和试课？代课结束时，转正考试的机会怎么说来就来了呢？

人活着一定要怀揣梦想，只要你执着进取、诚信守正，幸运之星就会不期而至，伴你进入一程又一程美好的境地。

押注命运的选择

据说，有一个傻大姐，媒婆替她说亲。媒婆问她："东家人丑却家富，西家人俊却家贫。你选哪一个？"傻大姐毫不含糊地答道："那就东家吃西家睡。"

然而，世间哪有这样的好事儿呢？

一九七七年十月二十一日，全国各大媒体公布了国家恢复高考的消息。激情在广大青年胸中燃烧，一个崭新的时代迎面而来。生命中往往好事成串。机会常常也是一个接一个让你想不到甚至不敢想。高考的恢复，标志着"伟大的时代"正在启航。

面对"高考"这个大机遇，如何让自己生命的脚步跟上"国运"兴隆的步伐呢？我的内心波涛汹涌，陷入难以抉择之中。

是安心当一名教师，还是参加高考？我手握代表自己身份的"教师资格证书"，心里清楚这个刚刚到手才几个月的证书来之不易，这不是一张普通的纸，而是自己在这个山村里身份的象征。对于十八岁的我来说，这便是三间瓦房、漂亮的新娘。若能踏踏实实教书，我就守住了一辈子的饭碗。

如果辞职复课备战高考，我将面对的结局是：要么成功，走向城市，走向远方；要么失败，无奈还乡，务农种粮。趁着寒假，我偷偷复习着功课，同时心里在斗争、在抉择，究竟何去何从？若要辞职，无法面对一贫如洗的父母，无法面对保荐我的老师，无法面对羡慕我好命运的父老乡亲。尤其无法面对高考失败回村务农、可能不会再有人给我机会的残酷结局。

经过反复的思想斗争，我终于下定决心选择辞职复课。尽管辞职的抉择是痛苦的，结局也是未知的，但面对"国运"带来的机会，七尺男儿岂能错过？

校长委托张老师找我谈话。

"决心辞职？复课上学了？"

"嗯！"我不敢抬头。

"考上的概率很小，也许 3% 不到啊！"

"知道！"我低着头。

"你必须考走了！别无选择啊！懂吗？"

"懂！我知道！"

我辞职，在村里是个不小的新闻。当我背起书包，走在学生上学的队伍里时，要面对人们看我的各种眼光。我尤其害怕遇见我教过的学生喊我"贾老师"。我在学生、老师、乡亲们诧异而关切的目光中，踏上了复课考学之路。

我面前还是黑板，是课桌，但身后，却是百丈悬崖。我没有退路，必须拼命，我要给自己人生一个无悔的交代。我当下放弃的自然是一份难得的生存保障，而我追求的却是人生更高更远的理想。

复课的日子极为辛苦和煎熬。我只能拼了。我走路，甚至去厕所的时间都用来背政治考题。

有一天，班主任何老师捧着一摞作文本走上讲台，拿起一个本子叫着我的名字说："把你这篇作文给同学们朗读一遍。"我接过作文本给大家读了我写的《新长征路上的一件事》，之后，何老师让我把这篇作文用粉笔抄写在教室外墙的板报栏里，作为全年组的范文展示。

又盼又怕的"高考"终于来了。语文考试安排在一个下午。当监考老师将考卷发到我手里时，我简直不敢相信自己的眼睛：天哪！作文题目竟然和我抄在板报栏里的范文所差无几。

监考老师见我不打草稿，笔下行云流水，十分疑惑地站在我身边瞅来瞅去，要看个究竟。我被他那不解的眼光盯得难受，就小声解释："老师，这类题目我练习过，还被选为范文抄写在板报栏上，我差不多都能背下来。"他听我说话时的那种表情，至今我都记忆犹新：张着嘴巴，一边的嘴角上翘着，眼睛直勾勾盯着我。是赞许？是不解？还是惊奇？我预感到命运之神的到来。

高考成绩公布了：我的作文得了高分，总成绩也不错，平均分数70多分。我成功获得了报考学校的录取通知书。

如果说，人生就像赌博的话，这一局我选对了，赌赢了。

选择无处不在。品茶还是饮酒？乘车还是渡船？生命，就是在各种各样的选择中度过。因为有不同的选择，才有千姿百态的人生。选择需要勇气和智慧：两利相权取其重，两害相衡取其轻，孤注一掷赌输赢。

而机遇常在洒满阳光的路上穿梭。机遇，更喜欢眷顾充满阳光的人。对于朝气蓬勃、积极进取、诚实守信、善良有爱者，机遇常常会不期而至。机遇的存在是一种自然亦是一种必然，谁能握住先机，谁拥有知识、能力和思想上的准备，谁"春江水暖鸭先知"，机遇就属于谁。机遇，有时似连片的森林，小机遇里面可能潜藏着大机遇，此机遇里面也许还有彼机遇。在机遇面前，科学的态度就是：尽人力，顺天意。

时代，是人生最大的机遇。谁都没有资格选择时代，但你必须抓住时代的手臂，与之偕行。时代，可以给人生最大的成全。机遇的个性清高，少有宽容，不会给你时间去准备、去比较，也很少原谅你的疏忽为你再现。你更无法判断它下次出现的时间与路径。

在去本溪上学前，为了不让母亲再到远处挑水吃，我在老家院子里挖了一眼三丈多深的水井。

我和二姐上山用炸药炸石头，我负责安装雷管和炸药，二姐负责瞭望。

我们又请了村里的瓦匠用炸来的石头砌好了井身和井台，还安上了辘轳。这也算实现了自己曾经的梦想之一。至于房子和媳妇，我可以进城里自己去找。

孩提时代，我是每天听着老牛的叫声成长的。每次去鞍山姥姥家，我最渴望听到火车的叫声，那声音美妙、悦耳。因此，我更希望能够在有火车轰鸣的城市中继续自己生命的旅程。

缘来如此

上

一九七八年秋天，恢复高考后的首次秋季招生，我被本溪冶金专科学校录取。这所成立于一九四八年，以炼钢、采矿为核心专业的学校，坐落于本溪巍峨秀丽的平顶山下。

我们电115班有四十四名同学，男生三十名，女生十四名，这么高的女生比例，让炼钢、采矿、测量等专业的同学们羡慕不已。

前四个学期里，同学们刻苦努力，学而不倦，学习是校园生活的主旋律。进入第五个学期后，大家课余聊天或专题讨论时，常常谈及毕业分配、恋爱婚姻等贴近生活现实的话题。

我心里像长了只小虫子，也开始蠢蠢欲动。毫不掩饰地说，在如花似玉的女同学中，当然有我心仪的，但自知之明让我望而却步了。

班级里，来自各省农村地区和我一样贫困的男同学有十几位。在学校的日子里，清贫一直伴随着我。为了节约，我早餐常常买半块腐乳；为省下往返两毛钱的公交车费也很少去街里；三年中，我几乎没看过几场电影；穿的就没有合身像样的衣服。

贫穷压迫了我的青春，折扣了我的信心和勇气，更像是一条无形的绳索，捆绑了我彰显个性的手脚，甚至连人格也不放过。

经济基础限制了上层建筑。不能与别人一起上书店、看电影、逛公园、郊游、野餐……朋友圈自然窄小。比如：你不能与同学一起看电影，就没有讨论观后感或影评的资格；你去不了书店，也就发现不了新书，便没有向同学推荐好书的机会……凡此种种，你无法融入到主流群体中去。

我暗暗欣赏本溪的一位女生，痴迷她的歌声与微笑。她在操场打排球时，我就在三楼教室趴窗看她传球。

那时候我心里臆想着，等将来有了儿子，送他上大学，先学小提琴，再学打排球，身穿运动服，脚蹬白球鞋，就像班上体育委员小赵那样。小赵年龄不大，专挑漂亮女生在楼下时"玩球"，让人眼巴巴看着"羡慕嫉妒恨"。

学校里彼此熟悉的男女同学谈恋爱的概率比较低，就像旅游，千里迢迢跑出去，挤在人山人海中，却忽略了身边的"绿水青山"，常常是"众里寻他千百度，那人却在灯火阑珊处"。

一九八一年春天的一个周末，我和机械系的一位海城老乡绕学校操场散步。这时，有两位女生提着饭盒从我们身旁走了过去。

我问老乡："刚才过去的是你们班的女生，你没打打主意追一追呀？"老乡说："我家里有对象。"然后老乡指着那俩女生说："穿灰色套装的是黑龙江绥化农村的；穿着洋气点的是哈尔滨市内的，她是校广播员，早被学生会那帮小子给盯上了。你看好哪位了？我给你问一问。"我说："问问怎么能行？你若是给请出来一起聊聊还行。""请她们出来？那我可请不动。"老乡说。

之后的日子里，每逢在路上遇见这俩女生，我都会多看几眼，也常常要目送一段距离——当然要避开前后左右那一个个火辣机警的眼神。我猜想，那位黑龙江绥化的女生，比我的家境也好不到哪里，她来来回回，总是穿着那套浅灰色的衣服。虽说那时国人都穿得色彩单一，但家里富裕一点的同学，无论如何，衣服也不会总是那么一套。

世上无难事，只怕有心人，什么事就怕上心。我喜欢上绥化那位女生了。我记得同学们讨论毕业分配的时候，好像说来自黑龙江的学生没有来自辽宁的学生分配去向好，也没有辽宁学生的选择余地大。因为辽宁是工业大省，工矿企业密集而发达。若是能劝动那位女生，放弃毕业回家乡的想法就好了。

有一天体育课，我与团支书郭大姐说起这事儿，想请她去帮我问一问那位女生，劝她留下。几天后，郭大姐回话告诉我说："小刘说自己年龄还小，没想处对象的事儿。再说还有不到四个月就毕业了，彼此了解的时间也有些来不及。"这事儿虽然算是过去了，但我却不死心，总是惦记着小刘。

我想，应该自己去问问才够爷们！班级、专业没有交集的陌生男女同学，仅凭热心同学带个话问一问肯定没戏。面对面交流、沟通，才是靠谱的方式。

我们毕业实习在鞍钢。在半连轧厂实习期间，我给小刘同学写了一封长达七页的信，鼓足了勇气，终于把信投进了邮筒。没想到投完信，心情却有些诚惶诚恐的，恨不得把信掏出来。一天，两天，三天……我忐忑不安地等待着她的回信。

一周后，我在鞍钢太平村职工宿舍的传达室收到了回信，打开一看，内容简单明了："时间短、不了解、不可行。"信的结尾还写了一句莫名其妙的话："如果遇到合适的可以考虑。"我后来才知道，这句话是她的好同学苏丽给补上的。

我觉得这封回信有结尾这么一句就足够了。因为，我就是那"合适"的人！

有时，一篇文章有用的文字并不多，内容都是些空泛的东西，就像是一锅鸡蛋汤，除了那点鸡蛋，便全是水。我写的七页信纸，按当时的语境也就五个字："可以恋爱吗？"若是现在，也就俩字："约吗？"

银行行长，写多少字也不如"同意放款"四个字管用；法院院长，写多少字都不可怕，若写上"立即执行"，落在谁头上都得尿裤子。

实习将要结束了，班长王勤准许我提前一天返校，和小刘约会。翌日下午两点，我在宿舍与小刘见面了。

那位在男生宿舍卖冰棍的阿姨来得真不是时候，我手里连一元钱也没有，同学又都没回来，她偏偏在走廊口叫卖。我只好硬着头皮去赊了几根冰棍。我们就着冰棍聊了一个多小时，有了几点初步的共识：她同意利用毕业前两个多月的时间，彼此加强了解，确定为好朋友关系。

然后以我为主，各找各的辅导员老师恳请分配到辽宁的同一城市或地区。由于需要保密，我们确定了联络暗号：教学楼大门里面的粉笔数字，大写的代表星期几，小写的代表几点钟。

我与小刘在很秘密的状态下，边写毕业论文边和辅导员老师协调毕业分配事宜；偶尔约会聊聊谈谈。由于毕业设计的任务很紧，我和小刘一周才能见两次面，每次不到两个小时，就在学校不远处的山坡上，一户人家墙外的菜地边上。

其间，我请她吃过一次午饭，点了一盘青椒炒肉，一盘凉拌黄瓜丝。还送她一块手帕，一个日记本。毕业前看她没有钱了，我把自己身上仅有的十元钱给了她，自己又悄悄向同学荆哥借了十元钱撑到毕业。

有很多次在倍感困惑的时候，是鲁迅先生那句"地上本没有路……"引领我一次次心想事成。"我本没有女朋友，只要脸皮够厚，胆子够大，聊着聊着也就有了女朋友……手头本没有钱，大方地给女孩十元钱。给完就借，借完再还，我就有了钱。"

毕业那天，在依依不舍的同学情谊中，列车从本溪驶向我的家乡——海城。这时我的肚子痛了起来，开始冒汗。我看小刘除了简单问问，并没有恋人般的焦急和关怀，好在疼痛渐渐地缓解下来。只见小刘望着窗外，心事重重，一脸茫然，她在惶恐自己前方的路。

我隐隐感觉自己与小刘的恋爱尚未真正开始。

下

我们回到家乡的时候已是傍晚时分，村委会大门外的空场上正准备放映露天电影。当我俩经过时，村民们齐刷刷地投来羡慕、赞许的目光。我感觉双腿轻松、血流加快、头脑微晕，在美美的心情中体验了一把"骄傲与自豪"。

回到家，迎接我们的是苍老的父母和三位小妹妹。母亲给我们做了四菜一汤的农家饭。晚上，母亲让父亲去村小队借宿，自己陪小刘及三位妹妹住炕，我被安排睡在柜子上面。

第二天下午，我感觉小刘的嗓子有些干哑，家里没有药只能多喝开水。

我估计，她是看到我家的现实与她的想象有不小的差距而上火了。

一个人或者一个家庭，你可以不露富，但你无法藏住穷。家境的贫寒一览无余。我父母及妹妹们的穿着，屋里仅有的几件家当，尤其是那个破旧的饭桌，有一条桌腿短了还要垫上东西才能放平。

我陪她在家周围转了转。她问我："你们这山沟里怎么家家都这么穷啊？"我说："在学校时曾跟你说过，我的家境很一般，刚才走一圈你也看见了，家家户户差不太多，村里有不少比我家还穷的让你更看不下去。""你说的'一般'和我想象的'一般'，差得实在太远了！你有骗人的嫌疑呀！"她说。

那天不经意间我发现了小刘写给她父母书信的底稿——她的文字表达能力不如我，写信要打草稿。她写了毕业的相关事宜后，强调了原本同意我送她回家，但鉴于发现我家太穷了，就改变主意不想让我护送了。这意味着我们之间关系的确立面临变数。

我们计划在家住三五天就去古城镁厂报到。我打算护送小刘回家探亲，若不专程去她家把恋爱关系确定下来，以后可能就真没我什么事了，但她却一直不同意。小刘坚定地说，等报到和单身宿舍安排之后她就回家，且不用我送。我感觉有点危机了。因为没有经验，报到时我俩一起走进古城镁厂干部科，主管调配的李大姐认定我和小刘是一对，便把已经定好的俩人都去"机动科"报到，突然改为只能留下一人，另一人要下到车间班组，因为按规定不允许有恋爱关系的毕业生分配在一个单位里。尽管我反复解释我们真的尚未确定恋爱关系，但无济于事！

我特别懊悔，怎么就没长脑子呢？前后错开报到不就好了？

"李姐，让小刘留在机动科吧！女孩子天天赶通勤火车不方便，我去车间。"我主动提出下车间。

临走时，我跟李姐说自己当过小学教师，热爱宣传文教工作，用人的时候帮我推荐一下，李姐爽快地答应了。

走出机关大门的时候，小刘第一次挽着我的胳膊，去收拾刚安排的单身宿舍。我俩这般接近在学校从来就没有过，她突然这么一挽，我竟有些不自然了，便挣脱了一下，她还是挽着不放。她说道："干部科认定咱们是恋爱关系，那咱就是恋爱关系吧！刚才听说只能一人留机关，我都想哭，可你想都没想就让我留下了。我同意过两天你陪我回老家。"

如果把人比作动物，女人则是世界上最易被感动的动物。毫不犹豫地选择下车间，于我本是天经地义、理所当然的事情。轻松面对发生在报到环节的遗憾，这份担当竟也可以感动她。

这是有失有得的一天：失掉了较为理想的机动科岗位，却获得了小刘明确我们由好朋友关系升级为恋爱关系，还心悦诚服地同意我护送她回家。事情就是这样：东方不亮西方亮，黑了南方有北方。

经过两天的奔忙，我俩安排好了各自的宿舍，也分别到各自的岗位报了到。下一程，我将踏上开往黑龙江绥化的列车，迎接一场重要的"面试"。

火车、汽车辗转二十多个小时，到了绥北平原的农村。进了小刘家，方知这个"一般"的家庭确实比我家高一个台阶。粮食足够吃，孩子有学费，咸肉、粉条、鸭蛋等食物都不缺，盘子里的菜总是满满的，边吃边添。她家的日子比我家好多了。

她母亲做饭时，我帮着烧火，又给水缸打满了水。我还给他父亲的自行车擦得锃亮。她父亲带我到自家地里看看，其实是想借机出来聊聊，对我进行考察。我坦然讲了家里的贫穷，同时也表达了努力奋斗的决心，做出了善待小刘的承诺。

来到绥化第三天，我接到了古城镁厂干部科发来的电报："因工作变动，请速归。"我有种预感：回去应该是好事儿在等着我。

晚上我睡迷糊的时候，她爸跟她妈对话中说了句："行，这小子靠谱儿。"这该是"面试"通过了吧？

须提前返程了。我告诉小刘自己已经通过了她父母的"面试"。她说我脸皮越来越厚。我说你若不信就去问问你爸。

我回到古城镁厂，接受了组织新的任用，调入厂史编写组，隶属厂办秘书处，直接领导是厂办主任。

一切都是最好的安排。

我的"缘来如此"，让我体悟到，虽然人生经历跌宕曲折，但只要勤勉努力，怀揣真诚，态度谦逊，万事皆有可能。事情也许没有你想象的那么难、那么糟，甚至会阳光明媚、别有洞天。

年轻人要多读书、多学知识，这些将是你生命中的宝贵财富；不要在意你学的东西当下有用与否，不要急，早晚会用得上。每多掌握一项技能，生命中就多一种生存和发展的武器。我读书、写作的爱好，没想到最终成为我的主业。无论做秘书、当干部，都离不开阅读、思考和书写。

为人父母，只要力所能及，在子女读高中至大学期间，经济上尽量把他（她）武装得适中一些，奢侈了孩子也许会堕落，寒酸了孩子很容易被淹没。

母亲是一片蓝天

　　癸酉年正月十八，是奶奶出殡的日子。当天一大早，在众多亲友的帮助下，我们将奶奶安葬在离老宅不到二里地的墓地里。

　　接着，答谢亲朋好友的酒宴开始了。奶奶享年九十七岁。在家乡，高寿老人的丧礼酒宴被视为"喜宴"。

　　酒宴前半程气氛和谐，当进行到后半程时，只听得"啪"一声，五叔的三儿子栓子摔了杯子，借酒撒疯，谁劝骂谁，谁拉打谁，把场面闹得乌烟瘴气。

　　我家和五叔家同住院里的一栋五间瓦房，他家住西头两间，我家住东头两间，当中的那间屋子做厨房，两家各占半间。

　　五叔个头不高，四方脸，长得酷似《三国演义》里鲍国安扮演的曹操。他嗓门大，爱显摆。平素，他家若是炖条鱼或炖几块豆腐，他便会站在门前小河边大喊几声，"回家炖鱼喽！""回家炖豆腐喽！"附近的邻居都会听到，大家常常会被他的喊声逗乐。这本该是位挺可爱的爷们啊！

　　可五婶天性好斗，隔三岔五与邻里间惹点事，还非得让五叔掺和进来不可。渐渐地，五叔也好打好斗起来。五叔一家与邻居发生纷争时会全家出动，摆出决战决胜的阵势。五婶负责骂阵，口若悬河，骂得狠、骂得脏，花样翻新地骂，骂得人狗血淋头。五叔与三个儿子一字排开，手握锹镐，严阵以待，听候五婶的一声号令！骂人、打架，占据了他们几近小半辈子的时光，已成他们生活中不可或缺的一部分。但不管是和谁家骂架打仗，最后，总得把我家捎带着也骂上一顿，骂够了、骂足了，五叔五婶又照常有说有笑、吃饭睡觉。

那年，父亲和五叔先后都与小队长因为丈量土地的事发生了纷争。母亲竭力劝阻了父亲与小队长的争执，千方百计地化解了矛盾。五婶却鼓动五叔与小队长大战了几个回合，但还是不解气，最后，五叔纵火烧了小队长家的草垛，触犯了刑律，被判刑三年。

一九七七年秋天，国家恢复高考，给我一次改变命运的机会。在我离家上学前夕，做了平生以来第一件大事：于父亲不同意的情况下，主张在我家与五叔家中间筑起了一道隔离墙，这样相对地能让我家得到一些安宁。

时事迁移，峰回路转，我已是大型国企古城镁厂的副厂长了。我早想把父母接走，可他们故土难离，舍不得老井、老树，留恋故里的老屋、老院子。为了帮助父母营造好一点的生活空间，我向五叔一家主动做了不少友好的表示，却收效甚微。

这世间大多数人是往上看、往前走的，心是充满阳光的。可五叔五婶为什么不能带着儿女向上、向前，步入洒满阳光的道路呢？我无能为力。

眼下栓子这种事态，我咬牙告诫自己：千万得忍着，不要火上浇油激化矛盾。我气得浑身发抖，回到了几十里外的厂里。午饭后，我突然接到通知说老家有事——是栓子把事情闹大啦！

为防止不测，我带着厂派出所的几位民警紧急赶回村里。家里老屋一片狼藉。玻璃砸碎了，挂钟摔碎了，桌子掀翻了……父亲沉默无语，母亲老泪横流。

任何妥协忍耐都是有极限的，该了结的事情总要有个了结。我须给父母一个交代！

民警们把栓子推上警车，戴上头套，鸣响了警笛，警车开始发动了。所长故意提高嗓门说："直接送到看守所，履行收押手续！"栓子一听说要被收押，咕咚一声就跪下了，哀求我说："哥啊！我错了！我错了！我知道错了！我不是人，我是混蛋！饶了我吧！求你了！求你了！"我让警察把栓子带回到老屋，给母亲赔罪。

其实，世界上所有的混蛋都知道自己是混蛋，只是缺少足够的力量让"混蛋"清醒。

这件事之后，父母随我离开了他们生活了几十年的小山村，过上了祥和无忧的日子。

前些年，五叔病故了；之后他的大儿子酒后伤人致死被执行注射死刑；二儿子因逃避欠债而自杀。五婶受到了很大的打击。不知五婶是否反思过，她若能像我母亲那样，一贯与人为善，与邻为伴，教子本分做人，她的儿子们会是这般结局么？

心底的渴望

二〇〇二年春天，我辞职去北京创业。父母从古城市区回到了古城镁厂家属区定居，由我的姐姐、妹妹精心照料。有个星期天，妹妹边给我打电话边不停地哈哈大笑说："哥啊，咱爸妈自打去了趟老家回来后，都好几天了还在没头没脑地兴奋着，像扎了吗啡似的。"接着妹妹给我讲了父母这几天兴奋状况的来龙去脉。我也觉得挺好笑，心想：老人们啊！就像孩子。

过了些日子，我从北京回到古城镁厂家属区看望父母，到家还没多大一会儿，父亲的兴奋劲儿就上来了。

"你知道我回老家和谁一起吃饭了吗？"父亲问我。

"告诉我吧！你们和谁一起吃个饭这么高兴啊！"我说。

"我回去喝老邻居喜酒那天，遇见了村长和其他村干部，他们见我一进屋全都站起来了，一个接一个跟我握手，然后给我让座，村长还让我挨着他坐，我俩在一个桌上喝的喜酒。"父亲手舞足蹈地比画着，模仿大家站排握手的情景。

"村干部还给你爸敬酒了，走时扶着我们上车，车都开了还向我们挥手拜拜。"母亲边补充边做挥手拜拜的动作。

我听明白了，父母二人回老家参加老邻居的婚宴，遇见村长一行人，受到村长及村委会干部们的热情接待并同桌吃饭的礼遇。

"爸啊！你儿子当科长、当厂长、当市长，比村长级别高多了，也没见你这么高兴过啊？"我妹妹冲父亲说了一句。

父亲一摆手："那能一样吗？两回事儿！两回事儿嘛！"

我以前还真没思考过这个问题。两位老人因为贫困势弱，几十年处在社会底层，人前自卑而无奈。渴望受到尊重的愿望一直埋藏在他们的心底，他们多么希望在乡亲们面前活得有尊严，活得有面子。

人活一张脸，树活一张皮，人这一辈子，都渴望活到终极体面。

面子这东西是给熟人看的。父母之所以如此兴奋，是因为村长给的这份面子和尊重恰到好处，是时候也是地方。站排握手同桌喝酒，都是当着众乡亲的面发生的。这可是两位八十多岁老人的荣耀啊！几十年后的这一天，两位老人虽然腰弯了、背驼了，但他们的人格却在这个山村里站直了。

自从我把父母接到城里后，二老享受着无忧无虑的晚年生活，再也没有了辛劳、困窘，也没有了五叔家的欺辱，日子过得自由自在。但我给予他们的仅仅是一份做儿子的孝心，并不能代替父母心底那份对"面子"久久的渴望。我更是从未想到过，两位老人这份深埋心底的渴望竟是那么强烈！这份渴望便是在那个他们艰难生活了四十多年的小山村里一直缺失的"面子与尊严"。

二十世纪六七十年代，山村里的农户们都是靠务农耕种山坡上的一片片薄地维持着简单而贫困的生活。我这个贫困不堪的家庭在村里的那份存在感一直是由母亲支撑的，她靠微薄之力维系着较好的邻里关系。母亲不识字，但通情达理。她善良、真诚、智慧。

父亲在村里由于不善于与人交往沟通，脾气简单暴躁，得罪人是常事儿。父亲被贫困拖累了几十年，为了家人有口饭吃，已经精疲力竭，也许他顾不上面子与尊严这些形式上的东西，也许他心灵深处渴望得到这些，却势单力薄无可奈何。

我不知道当父亲抱怨在村里受到冷落、委屈和不公平时心里怎么想？思考过什么？如果父亲在天有知，我想和他老人家说：安息吧，天堂是公平的。

父亲西去多时了。他在世时，我不想告诉他：那天给他敬酒的村长，是一九七七年我在村小学代课时的学生，而我正是这个村长的班主任老师。

Do
You
Understand
Yes
I
Get
It

第二章

蛰伏岁月

一个人，总得经历点什么，

才能看清漫漫前程。

没在坎坷中活过，

不足以悟人生。

多经历一些事，才会成长，

多经历一些人，才能成熟。

贵人

一九八三年初冬的一天早晨，我刚走进办公室，发现古主任瞅我的眼光有些异样。不一会儿，古主任把我叫到跟前说："小贾，我问你话，你要把实情告诉我。"

"主任，出什么事了吗？"我有点忐忑不安，又有些莫名其妙。我一介刚毕业的穷学生，整天早上班晚下班，规规矩矩的，能惹上什么事儿呢？

"昨晚你夫妻俩在哪儿住的？"古主任问我。

"主任，我们还是在您办公室住的。"我回答说。

"那对面李厂长办公室住的是谁？那门是不是你给打开的？"古主任又问。

"主任，对面办公室是我开的。小刘的同学昨天从沈阳出差顺路来看我们，吃完饭就很晚了，实在找不到地方住……没办法，这不正赶上厂长出国考察期间……"我知道自己可能闯祸了，说话有些语无伦次吞吞吐吐了。

"好了！我清楚了。如果再有人提起这事儿就咬定办公室暖气不热，你小两口昨晚临时住在厂长办公室了，不要提同学的事了。"古主任叮嘱我。

只见古主任拿起电话说："李师傅，你反映的情况我弄清楚了，昨晚厂办的暖气有点问题，这俩学生临时没办法才用了领导的办公室。他俩家是外地的，不容易，这事儿到此为止，不要跟其他人再讲了。"

二十世纪八十年代初，企业住房是个大问题。职工分房要排队等候，一般得等上好几年才可能分到房子。

我和小刘结婚后各自住在男女单身宿舍里，过着牛郎织女的生活。我在厂办任秘书，古主任照顾我们，每逢周末允许在办公室住一个晚上，第二天一大早，我们会把房间打扫得干干净净，再回到各自的宿舍。

厂长出国考察期间，古主任把办公室钥匙给了我，让我负责打扫卫生以及给领导的几盆花浇水。

那天来看我们的女同学早晨五点多就赶头班车走了，竟然给值班人员看见，幸亏是反映到古主任这里。

我以为这事就算过去了，哪想到最终还是被其他领导知道了。有人提出让我下车间锻炼，最终还是古主任找领导解释，才把我留在了机关，安排在团委负责青少年教育工作。

早上从厂长办公室走出一位年轻女士，不明真相的人难免误会，甚至会给领导造成不良影响。好在是厂长出国期间，事情简单而清楚，否则，我的责任就大了。单纯幼稚的我怎么可能想到这一层。

工作与生活中，某些事情的影响可大可小。若遇上开明、豁达的领导，可能会大事化小、小事化无，反之就可能翻船。

贵人，不是刻意培养、选择出来的。没有谁会知道，自己的生命旅途中，会在哪儿受伤，会在哪里遇险，会在何地撞墙，会在何处丢脸，也无法预知给予帮助的人是谁。

最大的贵人其实就是自己。高尚的人格是吸引贵人的磁石。因此，应培养自己乐于助人的品格和习惯，厚道待人，宽容处世，勇于担当，善于成全，让自己成为别人生活或生命中的贵人。如果在处事中说话令人心暖，做事令人舒服，做人圆通守正，贵人便会不期而至。

在我几十年的人生路上遇到了多位贵人，是他们一次次地鼓励与帮助、宽容与成全，才使我越过了一个个沟坎，领略了一程又一程的风景。

一只外来的鸟儿

山里的孩子，长到十来岁有了点力气，就要去山林中帮着家里砍柴。走进树林，常常会遇上飞来飞去的鸟儿。如果这鸟就是这片林子的常客，它见着人来了也不会飞远，它会在几棵树之间慢悠悠地飞来飞去，找食、寻伴儿，因为这儿就是它的家园。如果是从远处飞来一只鸟停在树林，碰见有人来就会惊慌地飞跑了。一只初入这片丛林的鸟，还不熟悉这片林子的生态环境，需要一个融入的过程；它甚至要遭遇挫折并付出代价，才能被这个环境所接纳。

走出校门步入社会不久的我，就是这样一只外来的鸟儿。初到一片林子里，真的不知道哪棵树上有鹰、哪棵树下有坑。

绕树三匝，何枝可依？

进入古城镁厂第二年的秋天，我结婚了。结了婚，这才真正了解做女人的不容易，才知道有一种病叫卵巢囊肿。妻子手术住院，因对黄胺类药物过敏，身上起了一片片水泡。

我着急啊！忙去催值班医生过来查看。连去催两次，可那位主任医师仍在与别人交流事情。我劲头就上来了，硬是打断了医生与那个人的谈话，冲着人家说："你们说话重要，还是病人病情重要？"拉了医生来诊视。

当时，医生告诉我，她正在与别人交流一件重要的事情。我没当回事儿，事后我才知道，自己闯祸了。原来那名医生正是妻子单位科长的太太。那位科长和太太，以及他们的子女，在几万人的厂区里是有影响力的。我真的很担心，怕得罪了他们。

不是所有的人都会原谅你的冒犯。

幸运的是，我遇到了一家子好人，没有谁出来与我计较。人家放了我一马，我心里一直怀着一份感激。对一个刚毕业的学生来说，得罪了人，可能会影响你的进步，断送你的前程，你又能怎么着？

这家的姑爷也很优秀，虽然背后对我有过少许微词，我也毫无怨言，也许那是因自己曾经的少不更事，才埋下的伏笔啊！

后来，我进步了，也有了一点小出息。在这片已经熟悉的林子里，尾巴也有点夹不住了——孔雀要开屏，装大尾巴鸟——"信口开河"了一回。

那天，我与好友王波在一起喝酒，因为关系比较密切，不经意间就聊到了"你讨厌谁，我讨厌谁"的话题。

我说："老兄，你是本地人，该熟悉曲老大这个人吧？这家伙怎那么不是东西呢？……"

还没等我说完，这位老兄就友善地拍着我的肩膀哈哈大笑起来："老弟，你讨厌的曲老大，可是我的小舅子呀！"

"他是你的内弟？"我疑惑地问。

王波一字一句地回答我说："对！是我的亲内弟！不过，他的确是挺烦人，你烦我更烦。"

我张着嘴，瞪着眼睛，不知道该说什么好。

这之后，我才明白了一个道理：在这片山林里，我仍然是一只外来的鸟儿啊！要立足，要证明自己，路漫漫其修远兮！

　　自然生态的形成需要亿万年的沉淀，人际生态的积淀也往往需要十几年甚至几十年。一个人追求更高的层次，融入新的世界的过程，是很曲折的，那过程，必然充满了艰辛与苦难。

借来的担当

爱因斯坦说："世界的不幸，就在于金钱。"

我与妻子结婚两年后，她怀孕了。我俩最担忧的是没有房子，孩子生下来怎么办？

一九八四年秋，古城镁厂照顾家在外地的毕业生，分给我们每户一间十二平方米的小房子。我把小房子壁成八平方米卧室和四平方米厨房。我和妻子终有了属于自己的小家，两个小青年过上了小日子。

毕业两年，我每月工资仅四十五元，我俩一个月下来，除去基本生活费用几乎难有结余。小家里全部的家当是大姐送的一组柜子，二姐送的一对折叠椅，两张从厂里借来的单人铁床。老实厚道的妻子虽说口拙嘴笨，但却心灵手巧，她自己动手做衣服及生活用品，还省吃俭用，每个月积攒二三十元钱，为孩子的出生做着准备。

记得有一天，母亲来看我们，临走的时候，妻子知道老人手头紧，便微笑着给了母亲十元钱。要知道，许多同学、同事的老婆中，给老人做饭炒菜、掏钱，满面春风一路绿灯的并不多呀！我忽然觉着妻子那一米六〇的个头，这会儿怎么越看越像一米六六，整整高了一大截。

个把月过去，正到了发薪的日子，偏偏母亲又捎口信说明天来看我们，而且要借十五元钱。我明白母亲的"借"是无奈的"要"。老家还有两个妹妹正在读初中，家里日常是没有任何收入的，父亲的劳动成果只能换取秋收时村里分配的口粮。

一整天妻子都默默无语、闷闷不乐。我知道她是在为没出生的孩子和未来的生活担忧。我们结婚时，家里除了给我俩做套新衣服和几床新被褥之外什么都没有，真就是一穷二白。妻子现在每月攒的那点钱，那是她"攒"的一点希望，也是她"攒"的一点未来啊。

我若给母亲这笔钱，性格柔弱的妻子是会同意的，但我觉得这对妻子有些不公平，凭什么让无辜的弱女子分担我家的贫困和窘迫？如果不能保证每月有一点积蓄，她对未来生活的憧憬和希望将如何承载和继续？所以，我不打算让妻子掏这笔钱了。

可母亲那头该怎么办呢？年近六旬的老娘，几十里路赶来，我说没钱？良心何安？又如何解释？

我想起上中学时，一次母亲为我借学费，走街串户，一个早晨为借三块钱，跨了九道门槛，被九次拒绝，那是种什么滋味啊！我决定无论如何也要给母亲这笔钱。儿子是她唯一的希望和依靠，我不能让她希望而来，失望而归。此时此刻我对钱产生了怨恨，钱，真不是个东西！区区十五元钱，竟让我七尺男儿，左右为难、束手无策、不知如何是好！

第二天中午，在母亲到来之前，我与妻子说："多烙点饼，这回不用给妈钱，让她多带点好吃的回去就可以了。"

妻子见我这么理解她自然高兴，还说："要么给一半好不好？"

"这次就不给了，等妈下次来的时候再给吧！"我说。

我去车站接母亲回来的路上，塞给母亲十五元钱，告诉她，这钱是单位补助我的。母亲在我的暗示下，到家里没再提起钱的事儿。

钱哪来的？从同学那里借的。为什么想到了去借钱？因为走投无路。我用向同学借钱的方式化解了困窘，让母亲和妻子的心里都温暖、舒服。我自己也感受了大丈夫有所担当的那种欣慰。

时间，是一片海。

在那时的年月里，短时间内凑齐这笔钱还债对我而言是个不小的难题。但把十五元放到半年的时间里还就显得没那么沉重了，我可以从容不迫地消化它。我豁然开朗，突然明白了一个道理——"时间就是金钱"，原来如此啊！

懂得，是一种爱。

我们两个刚毕业的学生，一穷二白，无所依靠，在厂区里与同学、同事毗邻，生活是需要积累建设的，否则就无法立足于同学、同事之林，如果日子过得太窘迫，在人群中就站不直。

在任何一个群体中，靠节衣缩食，靠袒露贫困，也许会获得一些同情，但却不能赢得尊重。所以，我懂得并理解妻子的忧虑。

肩膀瘦弱也要担当。

母亲已经操劳一辈子，需要喘息，需要依靠，希望我接过她肩上的担子。因为，她已不堪重负。儿子的肩膀虽然瘦弱单薄，但在此时，也必须顶天立地。

爱可以产生智慧和力量，爱也会获得好的运势。半年后，因工作需要，我上调总公司团委工作。出差机会多了，差旅费补助就多了，每个月攒一点，不到半年就还清了十五元钱的债务。

　　斗转星移，随着职级的接连晋升，我的工资也涨了不少，日子也一天天地好起来了。

　　记得鲁迅先生说过，地上本没有路，走的人多了，也便成了路。因此，倘若你走投无路，就勇敢地往前走，走着走着，也便有了路。

　　遥想经年，着实艰难；

　　当下回望，尽是笑谈。

小爬虫

二十世纪八十年代，除了大型国企里有职工浴池，社会服务业还没有经营洗浴项目的。

我的科长的领导，是位离休老同志。这位老领导差不多每周都来厂里大浴池洗澡。科长考虑到这位老领导有高血压病，只要可以抽出时间，他就会陪老领导去浴池洗澡，以防万一。

我来之后不长时间，科长就安排我代替他执行陪护老领导的任务。一段时间后，背后有人说我的闲话：这小子肯定是个小爬虫，总跟着老领导屁股后面转悠。

没有不透风的墙，这话还是七拐八拐传到了我妻子的耳朵里。小爬虫的名声不好听啊。

妻子问我："你不陪那位老领导去大浴池洗澡不行吗？"

我为难地说："恐怕不行！科长工作之外的事情，就安排我这么一件事。而且一周才一次，有时候赶上我外出科长就去陪了。再说，科长安排我去就是防止领导突然晕倒、摔伤，给领导搓澡都是浴池老师傅的事情，人家不用我，我也真的搓不好，那还真是个技术活儿。"

我没有推掉这份外差，继续着平凡的日子：上班、开会、写材料、下基层调研、每周陪老领导洗澡、下班、回家吃饭、睡觉。这样的日子持续了有近一年光景。这期间敢当面直接说我小爬虫的，也就一两个好朋友。背地里还有多少人说和什么人在说，我真的不知道。

一年后，企业机构改革，机关科室合并，人员精减。不知道为什么，我被列入了精减人员名单中。最后，还是科长大义凛然、旗帜鲜明地把我留了下来，安排到了新的岗位。

我的同学渐渐地了解了我差点被精减的内情：要精减我的也是一位领导，与我陪着洗澡的那位离休老领导曾有较深的过节。所以，他才踢了我这个"小爬虫"一脚。

几年后，当我知道这个真相时，我已经由当年的小爬虫，出息成重要部门的科长了。而那个不待见我的领导的孩子，已经成为我既得力又亲密的手下。

世间有些事儿，往往是不知道或晚一点知道，要比立即知道好。不知道，就不会抵触也不会释放负能量，这就给事物留下了宽阔而美丽的演绎空间。如果当时知道有人莫须有地踢了我，我会若无其事、沉默不语吗？我想，自己当时应该没那个涵养，甚至会有怨恨和对抗。

现在，那位领导虽然已经退休了，但对我的工作既支持又赏识。时过境迁，我甚至不愿相信曾经的旧事是真的。

机遇

一九八三年五月四日青年节，古城镁厂全厂五百多名青年在职工俱乐部召开纪念大会。会上，除了表彰先进集体和优秀个人外，还有"五讲四美三热爱"活动的动员报告。

这个报告该由谁来做呢？我和团委组织委员、宣传委员等几位干事都是新人，都有机会。尽管当时团委内务、收缴团费才是我的主要工作，书记最终决定让我来做，理由是我受过高等教育，做过厂办秘书。

机会是给有准备的人的。"五四"那天的报告我是可以推辞不讲的，因为毕竟不同岗位是有分工的。但我当过老师，做过秘书，受过系统教育，有承担任务的能力。领导既然信任，我为什么不勇于担当呢？

接受任务不仅是一种态度，更是一种承诺。须竭尽全力，认真准备，不辱使命。然而完成任务，却要依靠自己的能力，而能力又是靠日积月累，积淀而成的。所谓"台上一分钟，台下十年功"。

报告讲什么内容才能与几百名青年的心灵产生共鸣呢？我心里没底。必讲的是："五讲四美三热爱"活动的意义，反对青年留长发、穿宽腿裤，反对听一些靡靡之音。我照本宣科，讲了一个小时"五四三"活动的意义。在报告最后我说："青年朋友们！共青团在这场'五讲四美三热爱'活动中，提倡什么、反对什么我已经说清楚了。下面，我以大家同事和朋友的立场再说几句，一个青年人的头发有多长、裤腿有多宽，其实与他的人品人格并没有必然联系，与他是否先进落后，也没有必然联系。"

我继续说："如果路上有位大娘滑倒或有一小孩迷路，伸出援手的青年，谁能断定他是留长发还是短发？裤腿肥还是瘦？这之间有什么必然关系呢？当然没有！但是，社会提倡什么反对什么，党和国家必然有其长远的规划和安排。政策和舆论导向对于青年成长、世界观、爱情观，等等，是有所选择有所倾向的。难道年轻人就为留长发、肥裤腿而影响属于自己的成长机会和爱情吗？"

话音未落，掌声响起！

机会后面跟着机遇。机遇的脚步往往悄无声息。每年都有青年节，每年都有各种报告会，这样的机会并不稀缺，但上级团委从基层选拔干部的机遇，却几年才有一次。而且这次，就在我的报告之后不久，机遇就毫无先兆地不期而至。

会后，团委书记表扬了我，对我的报告给予肯定。几个月后，上级团委从基层选拔干部，书记又积极推荐我入选。一九八四年春天，我正式上调至总公司团委任宣传委员，不久又升任团委宣传部长。

如果那天我推辞，哪会有掌声？如果没有掌声雷响的演讲效果，被推荐的理由也许就不充分。所以认真对待每一次平常的机会，就等于为机会后面可能存在的机遇准备好了门票。

救场

一九八五年秋天，公司召开首届团代会。这是全公司几千名青年团员政治生活中的一件大事。会议在公司俱乐部隆重举行。当日，锣鼓喧天，彩旗飘舞，歌声嘹亮，神采飞扬。

主席台上坐着省、市和公司的各级领导，主席台下坐着媒体记者、青年标兵和劳动模范，还有全公司六百多名团员青年代表。

会议日程有序地进行着，书记作报告，领导致祝词……即将进入选举程序时，只见会场后面的工作人员出出进进、慌慌张张。我是团委宣传部长、大会主持人，对会场的异动尤其关注。一问究竟，原来，工作人员怎么也找不到印好的六百多张选票。这可是不得了的事情，没有选票，就无法进行选举，会议就得暂停甚至休会。这可是政治事故啊！出大事啦！真的是出大事啦！

没有选票，这"戏"还怎么往下唱？书记搓手、冒汗、焦急。我立即临时安排了会场上的对歌比赛，然后安排人员飞奔会务组人员的住处，取一个装了横幅的纸箱子。

有些事真的奥妙无穷。该你"露脸儿"的时候你想不露都不行。

纸箱取来了，那里面还真有一摞选票。

峰回路转，柳暗花明。选举开始，会议继续进行。

这时，同事接到电话，说装着选票的箱子落在接送会务组的车上，给拉走了。大家都很疑惑，会场的选票又是怎么来的呢？

那个年代，厂里使用的是滚筒式油墨印刷机，因为机器故障，先期印刷的六百多张选票弄脏了，作废了，又重新印刷了六百多张。

那天，我鬼使神差地将那一摞废弃的选票特意放在了装横幅的纸箱里，心想也许有划错票的时候还能用得上，哪知道却意外地"救了火"。

说起来，此意外"救场"，对我自己也是一次教育和警示。

工作中，无论你地位何等尊贵，有些重要事务，尤其是特殊事务，须亲力亲为：须亲自交办、监督、**核实**；须专人、专职、专心、专注。

工作中，要培养自己做事严谨、细致的品质。对重要工作和事项，要认真到一丝不苟的程度。重要文稿、契约、资料等，必须留有备份。因为你无力承担后果，无法弥补损失。

工作中，必须保证重要环节都经过确认。若因你的责任造成不堪后果，你纵有无数理由，仍然会前功尽弃；你将变成为后果埋单的倒霉蛋，终将被无情地淹没在事件溅起的烟尘中。

买葱

将军赶路，不追小兔。

我任福利科副科长的那年秋天，厂里准备为职工发放大葱、豆油和大米。

采购大葱是项挺辛苦的工作。我带着十来人的采购队伍和两辆大型货车行驶一百多公里，来到大葱种植比较集中的辽阳市灯塔县刘儿堡镇一个村口的公路旁。

我们的车刚一停好，卖葱的村民就一窝蜂地围了上来，平常他们是遇不上我们这么大买主的。

这时一对农民夫妻扛着两捆大葱往我们眼前一放，很自信地说："你们看看，我家这葱谁能比得上，这葱白多长啊！"我们选葱、谈价，转了一圈，比来比去，还别说，真就是这对农民夫妻的大葱最好。我们带着车，在这对农民夫妻的引导下，来到村里的一片葱地边上。

我和同事们往葱地里面走，走着走着就觉得不对劲儿了，这葱和刚才我们看过的样品不一样，不仅小了一些，葱白也短了不少。于是，我决定不买这家的葱了，反正我们也没预付定金，再说，是他家的葱不合要求嘛！

我对葱农说："老哥，这葱和你给我们看过的样品不一样啊！样品我们留下，这地里的葱我们就不买了。"

我话刚出口，那男的往停在葱地边的货车前轮下一钻，躺地上不动了，那女的也坐在地上耍赖。我是在农村长大的，类似这样的人我见过。不大工夫，凑热闹的村民三三两两地向这边走来。我队伍中的人，有要报警的，有要把那个农民强行拉开的，有要与那妇女讲道理的。

我却在盘算着，如果我们坚持不买这片地的葱，结果可能是到天黑也出不了村，这一天就白跑了，人工、车工损失太大；倘若人越来越多，一旦冲突起来，车辆和人身安全也会受到影响，甚至发生意外。如若把这片地里的葱挑选一下，小点的葱拿出去，剩下的葱给职工食堂使用，虽然葱白短一点，但并不影响什么，这样既可以减少损失又可以完成任务，还可以防止继续僵持可能发生的打人、砸车等不测。

我拿定主意后果断地向其他几位同事表明态度，这葱我们要了，回去不发给职工，留给职工食堂冬季使用。

经过与农民夫妇协商，达成妥协：他们将小的、差的葱挑出去，我们按原定价钱收葱。看热闹的那些村民见没戏可看也就散了。三个小时后，满满两大车葱就装好了，晚上这对农民夫妇还给我们炖了一锅豆腐吃，他们除了赖着我们把他家的葱买走，并没有做太多出格的事情。

人生之旅会遇到各种各样的事儿。有时候是人去找事儿，有时候是事儿来找人，无论怎样，都是一番经历，都会让人成长。

生活中，知道自己今天从哪儿来到哪儿去，就可以干好今天的事儿。生命中，知道自己是谁，从哪儿来到哪儿去，就可以活明白一生。

人，必须时刻知道自己是谁。是干什么的。

我今天是带队来收葱的，不是来找葱农斗气讲理的。解决个别刁蛮农民的诚信问题不是我的职责和任务，不出事，收到葱，才是我的正事儿。

妥协，是当下最好的选择。生活中，妥协不是软弱，是被动中的理性选择，是智慧指引下的权衡。

我带队买的这两车葱，因为葱白短了点、细了点，并没有发生多大的损失，也不会有任何人追究我的责任。可一旦节外生枝，我就是第一责任人啊！选择妥协是当下最好的方法，也是特殊情况下的多方共赢。对农民、对我们这支队伍、对我自己、对厂里的利益，都是最佳选项。

君子不立于危墙之下。动物世界里，它们知道食物在哪儿和危险在哪儿是同等重要的。当农民夫妇耍赖时，同事们非常气愤，我很理解。但我发现看热闹的人越来越多，这种情况不允许我犹豫迟疑时，我明白自己必须果断地把可能发生冲突的隐患消除无余。

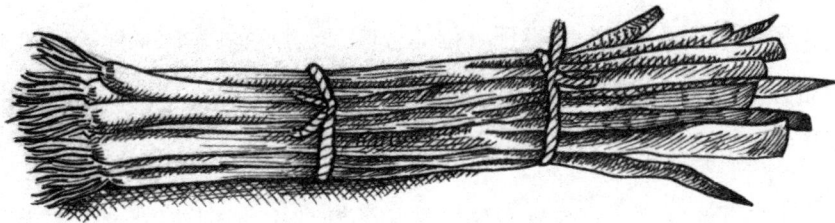

柿子与椰子

我行事的风格，是"和为贵"。这样的处世理念，与骂人扯不上关系。连我自己都不敢相信，我真的会骂人，且骂得理直气壮。

骂人，算不上光彩的事情。但是，如果自己被别人骂了呢？还口行吗？

被人骂了还口丢分，不还口失尊。但这件事有个惯性，你若不反击，一旦被人骂习惯了，你的威严就碎一地。

我是供应科科长，负责全厂生产所需原材料的供给与保障。服务虽有边界，但无止境。因为无止境，所以难叫所有人满意，被服务者很容易挑出你的问题和不足。

大型企业里，每天早上要开调度会，协调几十个车间单位生产要素的优化配置。几十名科级以上干部，坐在总部机关调度中心开会；生产车间、单位的小调度室设电话会议分会场，列席会议。企业里的会议，就是职场里的一个舞台。大家在这个舞台上展示自己认识和解决问题的能力。

那天，厂领导在会上批评一位绰号叫"老强"的车间主任，他却找理由把责任推给了供应科。作为供应科科长，我澄清了相关情况。因为我说的情况与他的解释有出入，老强就对我破口大骂，骂爹骂娘骂祖宗。

工厂亦是江湖，遭遇强者欺辱是件可怕的事。会上被人破口大骂，相当于在职场舞台上被打了脸。你认厌忍受，就表示自己软弱可欺，一些人会把你当软柿子捏——这是人的劣根性；但挑战强者，与强者对抗，又会冒很大的风险。而且，多年辛勤努力，一步一个脚印所积淀的有限力量，那是用来追求梦想的，怎能消耗在琐屑的争斗中呢？

平日里，我不敢惹这位老资格的"前辈"——连厂领导都忌惮他。但形势比人强。我权衡着，对着话筒用平和的语调，试着缓和紧张的气氛，说道："请老主任摆事实说话，也可以骂骂老祖宗，就不要骂娘了！"我的底线就是你可以牛，却不可以骂娘。我劝他，是想让他见好就收，就此打住，免得撕破脸。老强却不买账。老强十分任性，任性就冲动，冲动就践踏别人的底线。他不稀罕我给的面子和留的余地，越骂越起劲。

当时，在场人员同情弱者的心态也在上升。大家越是同情我，我反击的理由就越充分，反击的效果也就越好。

打架没好手，骂人无好口。

可惜我没有骂架的经验。我一想，自己年轻，就别骂人家祖宗、父母和老婆了，恰好我与他宝贝女儿同辈又同龄，干脆集中火力骂他女儿吧！不想，我才骂了几句，这家伙居然就哑火投降，没了动静。他不是怕我，他这是心疼女儿。

我歪打正着，这活干得漂亮，轻轻一骂结束战斗。

老强以为我会一直认尿，想不到我也会开骂！我的骂，出乎老强的预料。在过往的岁月里，他被周围的老实人给惯坏了，下属挨他骂时还要笑着对他。他哪儿挨过这样的骂？我的发疯让他发蒙，蒙到让他一下子缓不过神来。

想当年，张大帅曾告诫少帅："江湖不是打打杀杀，江湖是人情世故。"这个道理能懂全的人不多。

　　不得不说，倘若老强跟我一战到底，对我将非常不利。我清楚，当下大家同情我，只是现场短暂的正义回归，用不了多久，所有围观者，都会回到各自现实的利益格局中去，老强的朋友依旧会是他的朋友，谁会在意其中的对错与是非呢？

　　这事儿一翻篇儿，老强还会是那个老强，我呢？他五十岁，几乎无所顾忌；我才三十岁，怎可以打这种无聊的消耗战呢？老强除了有些霸道，并不是恶人，我干吗与这样老资历的人结怨呢？

　　调度会结束时，我主动给老强赔礼道歉。毕竟他是长一辈的人。我把冒险反击挽回的"面子"又庄重地还给了老强，我们握手言和。老强与我无冤无仇，就好比两辆车在窄路上意外剐蹭了。

　　一个人威信的确立，一般来自自上而下的支持与信任；来自自下而上的群体拥护；来自众多平行关系的认同。当然，也离不开你的功能与实用价值。但无论如何，不应该与骂人有任何关联。

　　但事情的发生和演绎，有些不可思议。有些事儿没有预谋、没有设计，没有铺垫和运筹，却有了意外的收获："骂战"之后，不少人把我当成厂里的"列强"了，时不时我还能体会到一丝丝"列强"的影响力。

　　打那之后，大家给我重新换了标签：这小子根本就不是软绵绵的"柿子"，而是个硬邦邦的"椰子"。

温德利夫人

惠子曰："子非鱼，安知鱼之乐？"

二十世纪八十年代中期，国家为了提高耐火材料质量，实现产品升级换代，从德国引进一套生产线和控制系统。温德利先生是位德国机械制造专家，也是这个项目生产调试专家组组长。温德利夫人陪先生一同来中国工作。古城镁厂外宾招待所是专门为接待德国专家而建造的，是这个引进项目的配套工程。

当时，这个外宾招待所是古城地区最高级的宾馆。内部配置了洗衣机、冰箱、电视、空调，有全天候的热水供应，还有专门为德方专家服务的保障队伍。温德利夫妇就住在这个招待所最好的套间里。温德利夫人，长得有些像蒙娜丽莎，大高个儿，体态丰腴，见到人会热情地招呼——"哈喽"。

福利科负责招待所的管理工作，作为副科长的我是直接为德国专家组服务的责任人之一。为外国人服务，新鲜！听温德利夫人喊"哈喽"也新鲜。接下来的事，就不那么新鲜了。不仅不新鲜，可以说让我焦头烂额。

一天，温德利夫人告了招待所的状。事儿还真不大，洗漱间里马桶有持续的滴水声，影响温德利夫妇晚上休息。为此我挨了批评，被杜厂长大骂了一通。

本来以为这是桩小事儿，但当时那个年代，浮球式冲水系统质量尚未过关。那段日子，我常处于组织修理水箱、挨骂、再修理、再挨骂的循环状态中。

大家都觉得温德利夫人事儿太多，太挑剔！

我非常着急上火，又束手无策。如何才能让水箱不漏水呢？我实在是无可奈何，只能用变通的方法化解危机。

有一天，我去厂部开会时，杜厂长递给我一支烟，还表扬我："小贾，这段时间工作不错，不错啊！温德利夫妇和专家们挺满意。"我说："多谢厂长，我继续努力，继续努力。"我终于喘了口气。

其实，那个年代，水箱的冲水浮球质量问题是没办法彻底解决的。但我却用尽心思费了好一番功夫，通过逆向思维解决了挨骂问题。挨骂是因为告状，告状是因为漏水，漏水是因为质量。质量问题，我无力解决。问题核心是如何让温德利夫妇不再找杜厂长告状。

我通过翻译与温德利夫人真诚沟通，并提供了一些增项服务。总之，除了漏水之外，凡是能帮上忙的事情我们都主动、热情地配合温德利夫人，如此这般终于取得了温德利夫人的同情与理解。经多方努力，总算是度过了那段特殊的日子。

十年后，我已在政府任职。香港回归期间，我恰好在欧洲考察项目，到了德国的波恩和科隆，目睹了德国的设备制造系统并亲身体验了德国的社会服务。至此我才算真正明白、理解了温德利夫人当时告状的心情。

对不起，温德利夫人！十年前的那段时光，您真的不容易！现在，我可以欣慰地告诉您，中国现在的星级酒店、宾馆，设施先进，服务优质，很少发生漏水的事儿了。

　　所有的事物都有局限，人也如此。有些问题和矛盾你即使再努力也无力改变。对那些因故暂时无力解决的矛盾，千万不能激化它，而要分解、弱化它。要逆向思维，去缓解、疏导、变通，做到掌控局面，给矛盾的彻底解决留足时间和空间。否则，即使你有一万个理由也只能牺牲在矛盾中，而矛盾也终会无情地将你淹没。

火锅烟囱

　　人世间，有些人的尊严是从他的前辈那里承继过来的，是一种对尊严的享受和消费。只有靠自己忍辱负重、拼搏进取获得的那份尊严才是真正人格意义上的尊严。

　　我任古城镁厂福利科副科长时，在分工的所有职责中，应数外宾招待所的接待任务让我最头疼、最忐忑不安，也最无可奈何。二十世纪八十年代后期，这座为德国专家生活配套而建设的外宾招待所，当时是古城地区唯一全天候供应热水的地方，因此，接待任务就比较多。

　　俗话说，吃喝拉撒睡，咋干都不对。

　　有一天，招待所准备晚上接待鞍钢公司老干部——都是来企业视察的客人。中午时分，总公司接待办的同志已经与招待所章所长敲定了晚餐的菜谱，其中就有火锅。晚宴的召集人是总公司第一副总陈经理。这批客人非常重要，我不放心，得亲自坐镇才行。

　　招待晚宴即将开始了，火锅也陆续端上了餐桌，可是服务人员无论如何就是找不到火锅的小烟囱。

　　你不找事，事来找你，这就是人生。

　　没有小烟囱抽烟，炭火就不能正常燃烧，餐厅已渐渐弥漫着木炭的青烟。我快速地思考着如何统筹应急处置的办法：一、先撤去火锅、摆放凉菜；二、派车去接白铁匠师傅，安排材料员带车送来两张白铁板，在招待所后院里临时加工小烟囱。

为了压缩时间，各个环节同时协调进行。半个多小时后，八个火锅小烟囱一个接一个陆续加工好，送上了餐桌。

问题总算解决了，虽有拖延，毕竟保证了晚宴的正常进行。不料正当我满头大汗把这个急差办完、尚未喘口气时，杜厂长却当众大骂了我一通。我被骂得狗血喷头、目瞪口呆，恨不得找个地缝钻进去。

我扫了一眼站在大厅不远处的招待所章所长，委屈翻江倒海地往上涌，心想："老章头啊！你表弟'老杜'在骂我呀，你把那十几个火锅烟囱弄哪里去了呢？你为什么不吱声呢？你是所长哦，我只是你的主管副科长，这些可都是你的职责呀？"

我站在那儿挨骂，直到我流下眼泪时杜厂长才转身吼他的表哥："一天到晚，你这所长怎么当的？"

庆幸的是，今天我在现场，第一时间发现了火锅没有烟囱。好在统筹、协调及时奏效，否则火锅端不上去，整个晚宴就砸了，没准儿我的饭碗也就跟着砸了。

所长老章头是杜厂长的表哥，人是不错，但他从外地调来前是工段书记，隔行如隔山，由于对接待服务工作生疏，加上已是年过半百的人了，不太适合人前人后跑来跑去，让他干接待工作，实有些强人所难。

挨杜厂长骂的事已经不止一次了。夏天的时候，因为"温德利夫人"马桶水箱漏水的事儿，我已经多次挨骂了。这是我人生中比较窝囊的一段时光。

其实，工作本身没有多累人，真正累人的是周旋于种种琐碎与不堪的境地中。

我想方设法安慰自己，挨骂毕竟是偶尔的事，被厂长骂过的人又不只我一个，一切都是为了工作而已。

杜厂长虽简单粗暴，毕竟光明磊落。我下海以后曾邀请杜厂长来北京，他因故没来，中肯地转达了对我的谢意。

弱者的强大，都是从低头的姿态逐渐成长起来的。一个人在获得尊严的道路上，只要不践踏法律，不厚颜无耻，不阴险狡诈，不丧失良知，不出卖灵魂，就不该求全责备。

生活中，对于弱者在生命的某个时期某个角落，为了生存而有过的一些卑微、苟且、逢迎、软弱与屈服的经历不必苛责。这是任何一个弱者在匍匐

前行的路径上必须跨越的一些沟坎。

　　我相信，在世俗中，一生没有过"苟且"的人不多。好多人的苟且不是为了贪图太多，而只是为了生存下来，或仅是为了赢得明天的尊严，而蛰伏于当下。

　　没有在坎坷中活过，不足以悟人生。

守卫大哥

王守卫，大高个儿，赤红脸儿像传说中的关羽。他是老资格工段长，平日好点酒。正由于他那点酒瘾，人又耿直倔强，故一直没有进入科级干部序列，被调到职工"一食堂"当了管理员。

这食堂是全厂四个食堂中最大的一个，负责两千多职工的就餐，是个不小的山头。守卫任职半年后，我调任福利科副科长，正是守卫的顶头上司。那年他四十四岁，我二十八岁。守卫和一些年龄大点的股级干部，对我是不服气的，换句话说，人家根本就没瞧上我这毛头小伙儿。

一天，守卫找到我振振有词地说："科长，孩儿哭找娘。食堂没有好煤烧了，这三九天蒸汽不足啊！"

我知道难题来了，但这道题难不倒我，铁路运输车间的李主任是我的忘年交，厂里六台火车头天天烧的"大同块煤"多得是。

我说："用多少大同块煤尽管到铁路机务段去拉，一个电话的事儿。"

我当着守卫的面给李主任打了电话，优质大同块煤解决了。守卫上下打量着我没词了。这一回合我赢了，那感觉如同盛夏中冰可乐在嗓子里打转，一个字：爽！

天公不作美，第二天下大雪。一大早，守卫找我一起去机务段拉煤。风雪中，一辆130货车已停在办公楼前。守卫毫不客气地坐在副驾驶的位置上，

"老弟，就一个座儿，老大哥就不客气啦！"守卫笑着说。

我爬上车厢，冒雪迎风，装煤卸车。一趟、两趟……守卫终于受了感动。

类似的事情几次下来，这老兄认同并接受了我。有一天中午，他邀我单独到食堂后厨，备上酒菜，对我掏心掏肺地说："老弟，行！年龄不到三十，有点抻劲，是个爷们！"

在后来的工作中，守卫带头尊重我，相当于在福利科帮我这个年轻副科长树立了威信。

企业的干部们比较朴素、实在、直接，大家面对的都是生产经营中一件件具体实事，对意识形态、功利权谋之类的问题很淡泊。

有一天，组织部突然通知我去谈话：调动工作，去一个新单位任"管理组长"，保留副科级职务。理由是工作需要。我找科长时，他出差了，但留下指示：禁止科里任何人欢送，禁止任何人帮我搬家。我蒙了：干部调动，按企业惯例，原单位会有个欢送仪式。我总不能自己扛着办公桌到新单位报到吧！不明真相的人会认为我不堪到何等程度啊！

这时，曾于大雪天让我同去拉煤的王守卫站了出来。他精心准备了丰盛午餐，带领食堂全体员工欢送我，直到把我送到新的岗位。他保全了我的面子，暖了我的心。

不服你的人，不一定是坏人，也不一定是敌人。一个人服从另一个人，要么服其德，要么服其义，要么服其理，要么服其技。身处社会，你总要有点让人服气的本事才行。否则，你凭什么管别人？别人又凭什么服你？我在守卫兄那里，曾经丢过一些小面子，却挽回了大面子。

这段经历让我懂得了很多、很多。

做人要谦逊、宽厚、忍让、大度，少些计较，终不吃亏。要努力结交正直的人，无论出现什么情况，正直的人都不会做太出格的事情，或许还是可依靠的力量。

袁书记

袁书记，标准的军人。这是位一身正气的军人，正营职干部，从部队转业后分配到镁砖分厂任党总支书记。

袁书记是一位纪律严明的人，更是一位工作勤恳闲不住的人。他除了开会就是到作业现场去视察，忙得不亦乐乎，连报纸有时也顾不上看，只能晚上拿回家去看，第二天早上再一张不少地拿回来订到办公室的报架上。

袁书记几乎每天一大早就到了厂里，换上工作服，在厂里重要的生产岗位转一转，等机关的干部们踩着钟点到办公室上班时，袁书记的早间视察已经结束，手握一把草，走在回办公室的路上。

军人出身的袁书记精力充沛，在没有其他事儿可忙的时候，见不得有人在办公室里看书、读报、写笔记。在他的概念里，忙碌不需要理由，而闲下来却需要理由。

他只要见我在办公室里闲下来，便会马上带领我和其他几个人，到机关楼前楼后的绿化树中间去拔草。那些草们也着实可怜，被拔了一茬又一茬。拔也拔不尽，春风吹又生。于是我总是被袁书记叫出来跟他一起去拔草。

有一天，袁书记边拔草边给我上党课："年轻干部就是一块砖，东西南北任党搬。不要有情绪，不要有想法。"我说："我不是不喜欢拔草，而是我皮肤过敏易起疙瘩。"嘿！这下好了，他给我找了个"不过敏"的差事，常常安排我半夜组织人员去查夜班工人离岗睡觉。这还不如白天拔草呢！但我一直坚持参加拔草和夜间查岗。因为，这些只是小小的无奈，算不上困难。

袁书记心地光明，他不会无端伤害别人。

我与这位好人和平共处两年。我从未与他讲过自己来镁砖分厂的原委，更不会与他探求未来。那天，当我跟他道别，说我将要离开这里到新的岗位赴任时，他一头雾水，不明就里。我估计三年后当我出任总厂副厂长时，他也许想过，这个一贯不喜欢拔草的"家伙"，怎么当上了总厂副厂长，反而成了自己的领导了呢？

我任副厂长后，袁书记的态度着实让我感到他的真诚与认真。汇报工作及接受任务从不摆老领导架子。当然，我对袁书记必须念及过往，肃然起敬。

生活中，看清楚一些人和事，实质上就是要看明白人生。茫茫人海中，想与某人交往融洽，可以进行"选择"；若想与更多的人融洽，你就得"兼容"。世俗中，每天穿行于人与事之间，多数人只能"将就"，而渴望遇上的"讲究人"，或不期而遇，或随缘相逢。

坐庄

有权力的地方必有利益格局，有利益格局的地方就必然形成江湖。这格局是法规、制度、潜规则以及各种利害关系的总和，是经过长期沉淀演变而成的一种形态。

一九九一年夏天，我被正式任命为古城镁厂供应科科长。这次任命，标志着我已安全度过了"蛰伏期"。

古城镁厂供应科负责全厂原料、燃料、材料等的采购与供应。小到一颗螺丝钉，大到堆积如山的钢材和煤炭，无所不包。

供应科的采购计划主要由十来位计划员具体制订和执行。在古城镁厂，这些计划员皆非等闲之辈，他们中既有各级领导的亲戚，也有凭能力打拼出来的业务骨干。供应科长处在这个小江湖之中，其位置可谓举足轻重。

我来供应科任副科长两年，这次正式出任科长，也算是在这个实力派业务团队中开始"坐庄"了。

庄家，可以左右形势，可以掌控规则，具有发牌权，可以按照自己的意志，去工作、去创造、去改变、去实现。在各种赌局中，庄家要么赢得最多，要么输得最惨。所以，组个好局，坐把好庄，亦非易事。首先要顾大局，要立德、立威、立功，还要能忍辱，会谋势。

一、要顾大局，保证核心板块平稳运行。

现实是历史的积淀和延续。尊重这个单位的历史，就是要保持原岗位职责及权限基本不变。

那天，我召集计划组开会，他们一个个表情拘谨，会场气氛严肃而沉闷。我说："经过慎重考虑，为了确保工作持续稳定，决定原有分工保持不变。但是，每个计划员要对进货渠道和价格进行一次自清自查，然后分别汇报。"随着我的话音落地，大家又轻松如常。

供应科采购渠道构建的历史，是由一点点的时间和一块块的空间堆砌而来的。现有格局的形成，甚至无人可以说清楚究竟是哪任领导或计划员，借某种机缘形成的，也不能妄加想象，非要探究其中有没有个人利益的存在不可。

一个人，不要对历史演进而来的现实指手画脚、说三道四。因为，那段历史倘若由你来书写也未必光明磊落，还兴许更加悲催。我要做的就是用良心和职责，坚持企业利益至上，只买对的，不买贵的。坚守"同质优价，同价优质，货比三家，比价采购"的原则，防御、限制个人私欲的膨胀。

二、要立威，先吃掉最难啃的骨头。

某天，科里"首席"计划员老吴端着茶杯一脚门里一脚门外叫我："科长，给咱点好茶喝。"

"首席"，是大家给老吴起的绰号。因为他的背景最大，脾气最大，声音最大，胆子也最大。在供应科若降得住他，就管得住全科。老吴往我办公桌对面一坐，喝着我给他的茶，习惯地用右手捻着他的那支老钢笔，这是他有话要说的标志性动作。"科长，你让大家自清自查，别人的汇报都听完了，就一直晾着我，我有意见。""老吴，你是计划组的首席，可以继续做你的首席。但要清楚你不是科长的首席，这个搞明白了，我天天供你好茶喝。"我借着玩笑说正题。

老吴有些不自然，面色尴尬。我递给他一份资料说："这种产品是你从鞍山采购的，一吨九万多元，天津的出厂价不过六万。我觉得你可能只是工作疏忽，并无个人因素。你近期去趟天津考察一下，在天津如果遇到困难，去第二煤气厂找我的朋友沈总。"

老吴额头冒汗，脸色由青转红。见火候正好，我接着说，"今后，你可以从天津直接订货，也可以让鞍山那家商贸公司把价格降到合理价位继续供货，毕竟是老关系嘛，你自己斟酌决定吧。"从此，老吴带头努力工作，带头维护科长的威严。

三、要立德，懂得爱护最软弱者。

门卫老高，又穷又老实，四十多岁，终于讨上了老婆。结婚那天，我以科里名义倾力成全了他的婚礼。继而规定从那天起，科里每位职工家里的红白喜事全员捧场。从此，集体荣誉感让门卫老高的腰杆直了许多。

在金融市场中，没有散户的捧场，没有散户的信心，市场就无法走出行情。企业文化当然也是如此。关心弱势群体是一种品德素质，是一种人格态度，也是一种人文情怀。

四、要立身，干点没人想干的事。

俗语"官不修衙，客不修栈"，说的是：铁打的衙门流水的官，修了衙门，也许未到完工便拱手让予后任。再说挖沟、动土、搬砖、上瓦未必吉祥。可是，供应科的办公室，冬天阴冷，夏天湿热。因地势低洼，雨天还会进水。几十年来，一任又一任科长，前赴后继，就是没人愿意操这份心。

　　我决定向主管部门申请报批新盖办公室，为科里几十名工作人员改善一下工作条件。宁可盖完新房我就被调走也无怨无悔。撸起袖子加油干：几个月光景，小楼竣工，鸟枪换炮，冬暖夏凉，团队振奋，搬进小楼成一统。

表态

开会，应该是历史最为悠久的社会活动形式之一。司马迁在《史记·五帝本纪》中写道，帝尧时代，洪水滔天，尧召集"四岳"之会，让其推举治水的人。这是四个部族领袖的高层会议，可谓名副其实的"峰会"了。

文明初期的另一次著名会议，见《国语·鲁语下》："禹致群神于会稽之山，防风氏后至，禹杀而戮之。"说的是部族领袖大禹召集各部首脑在会稽山集会，防风氏迟到，大禹将其处死。

现代社会，仍然通过各种形式的会议解决问题。

二十世纪九十年代初，我在古城镁厂任副厂长。一天早晨，厂长召开干部会议研究重大生产事项，他在会上点名批评了下属汪明远。因言辞激烈，汪明远当即暴跳如雷，反应强烈，在几十人的会议室里，他不仅顶撞了厂长，还爆了粗口，场面近乎失控。会议气氛陡变，在大家惊愕中，厂长宣布领导班子成员留下，其余人员散会。

会议室里鸦雀无声，听到的只是喝水声、呼吸声。大家表情严肃，全都沉默不语。厂长怒气未消，握着水杯的手仍在发颤。他说道："我提议，免去汪明远的职务。企业这么艰难，若不处理，今后这队伍还怎么带？"他说完，等待大家表态。大家仍是喝水、抽烟、沉默无声。

"各位说话呀！"厂长催大家表态。

说到开会，有人就会想到作报告、发资料或发奖品；或想到提拔干部、分配奖金、增加工资、派发福利，等等。但有的会议就是战场，气氛紧张、火药味十足。

一个人，尤其是领导者，开会时不轻易表态，权衡利弊，兼顾长远，不一定就是耍滑头。大家都沉默不语，一定有其复杂的原因和顾虑。我也在思考和判断：就事件本身的性质而言，免职却也正确；如果我赞同免职，如何让被免职者心服口服？我正犹豫间，看到了厂长关注我的眼神，那眼神摆明就是说："兄弟，你的一身正气哪儿去了？"

于是我决定带头发言，不和稀泥。

"我说说吧！汪明远同志今天的表现出人意料。他以往的工作还不错，但功过分明。顶撞和辱骂厂长这个头不能开，无论谁当厂长都不会允许开这个先例，这是一条底线，现在是，将来也是。所以，我赞成厂长关于给予汪明远免职处分的提议。"

有人开了"头炮"，后面的同事便陆续表态，会议通过了厂长的提议。

会后，我第一时间给汪明远打了电话，毫无保留地将自己的态度告诉了他，这是我的真诚、担当和无惧。当然，这也体现了我当时的实力和勇气，还有我和当事人一定的感情积淀。

Do
You
Understand
Yes
I
Get
It

第三章

北京北京

北京的马路很宽，

但这里并不是我的梦想之地。

不惑之年下海经商，

有无奈，有遗憾，

但是，不后悔。

佳境天成

陈百万，大名陈守汉，锦山著名企业佳华集团董事长。

我在北大学习期间，陈先生到北京说服我加盟他的企业，出任佳华集团北京办事处主任兼北京"佳境天成"饭店总经理。开出的大致条件是：月薪两万五，每两个月回东北探亲一次，来回四天假期，原则上乘火车硬卧往返，等等。

这座尚未成形的"佳境天成"饭店，选址在北京市青年宫的一座五千多平方米闲置的辅楼，眼下有谱的仅是陈百万给饭店起的名字：佳境天成。

我与陈百万相识于一九九四年秋天，那时，我刚从国企交流到辽南地区的大石桥市任主管科技的副市长。

关于企业的经营管理，相对地方干部而言我要专业、内行些。有些企业老板于私下里称呼我为贾老师。这种称呼会拉近彼此的距离。

在石桥第一个称呼我为贾老师的老板便是陈百万。无法考证他的这个绰号是谁给起的。总之，他是名副其实的最先拥有百万财富的民营老板之一。

陈百万嗓门大，语速快，声音沙哑，说起话来几乎没人可以插得上嘴。他最大的特点就是精力旺盛，十分自信。他有支撑其自信的非凡执行力。

那次，陈百万和我约定第二天上午去西城区西二环官园桥东北京青年宫来看"佳境天成"项目现场的实际情况。我想，虽然自己尚未答应去他那里任职，但这个机会可以是下一步辞职创业的选项之一。我不能像以前一样还端着市长和老师的架势，既然选定下海就要赋予自己新的角色，适应新的生活。

陈百万长我近二十岁，他是老大哥，我是小老弟，我以老弟身份随他共同勘察这座未来的"佳境天成"，应该早动身，不宜让陈老兄在那等我。于是六点起床，七点前准时赶到了青年宫。我在大门口恭候陈百万。七点半钟，他手握卷尺出现在我的面前。

"老弟，才到？"他问。

"大哥，我七点到的，等你呢！"我说。

"哦！七点，我六点就到了，已经里里外外全都丈量了一遍，心里基本有谱了。"他边说边走。

起了个大早却赶了个晚集。我更加佩服他：看来没有谁的钱是大风刮来的，这种效率，这种作风，成功便是一种必然。

陈百万让我给请一位设计师，勘测物业现场之后研究设计方案。第二天上午，我通过滕征辉先生，请了一家装修公司的副经理兼设计师沈总，对青年宫辅楼进行了全面系统的勘测。

到了午饭时间，陈百万说他中午有事，便掏出一百元钱，说："贾老弟，这一百元是工作餐，你安排这位朋友吃饭吧！"我坚决推辞，没要那一百元。我对他突如其来的举动十分诧异：他可以约我们一起吃工作餐，盒饭即可，也可以有事打个招呼直接就走。陈百万当着沈总的面，而且是为他出力献策初次见面的朋友，竟然轻佻地递给我一百元钱，让我着实难堪不已。

我可以忘掉自己曾经的市长身份，也可以忘掉他称我是贾老师的那段被恭维的时光，他也可以把我当个小兄弟，不用管我的午餐，我自会有妥当的安排。然而唯独用这"一百元"的方式，真让我无法理解和接受。

人性之美，在于情义无价。

我花了不到二百元请沈总吃了午餐，俩热菜，俩凉菜，一个汤。午饭后我搭沈总的车到陈百万下榻的钓鱼台国宾馆，参加下午的项目运作讨论。下车时，沈总探出头来说了句："贾老兄啊！还是自己干吧！"

我将这句话埋放心里，走进了陈百万入住的套房。在那里，见到了平时只能在《新闻联播》里才能看到的央视著名主播罗京老师。罗京是陈百万的朋友，其渊源不得而知。他们二位在讨论"佳境天成"饭店运作和经营模式时我一言未发，但目睹聆听了他们之间的讨论，以及观念的碰撞和冲突。罗京老师直言不讳地说："这是北京，不是锦山，叫什么佳境天成？"而陈百万却坚持己见地说："我要做北京的顶级饭店，要每一个包间都表现出一个民族的风情。"罗京又说："一个饭店尚可展示某些地域或民族的特色或风格，而包间怎么可能形成一种风格？"

陈百万挥舞着手描绘着他的"佳境天成"。他与罗京争得面红耳赤。讨论结束后我向陈百万告辞："陈兄，您的好意老弟领了，我还是没信心胜任这份差事。"随即抱拳，走人。

在宾馆大门口，罗京老师把车停住摇下车窗，说："我去梅地亚，顺路就上车吧！"恰巧我顺路，于是上了罗京老师的车。

多年后的一天，惊闻罗京老师病逝，我看着报上的讣告，悲伤罗君英年早逝，面对他的遗像沉痛默哀。想想这著名人士与我仅一面之交，却能顺路捎上我一程，这是一种心地也是一种缘分。

尽管我没有加盟陈百万的事业，但在后来自己创业的历程中，还是虚心汲取了他的长处：认真、细致、勤勉、高效率与强执行力。不管长处是什么人的，学到手就属于自己的。

非典的日子

二〇〇三年春天，注定是个不平凡的春天。其间我刚刚成立不久的公司开始运营。

北京的天热得早，有时根本分不清这是春天还是夏天。在京城的大街小巷，你偶尔会看见闷热的天儿里竟有不少人戴着口罩，让人觉得这景象有点儿莫名其妙。陡然，这种现象越来越多，形成了京城街头巷尾独特的"风景"。接着各种传言、流言、谣言交织在一起。但至少可以确定的是，有一种让人发烧的病毒在流行。

突然某一天，电视上正式播出通告，这种流行的病毒叫"非典"病毒，通过接触和飞沫传播。洗手、通风、减少接触是唯一可采取的措施。可怕的是传播快，死亡率高，眼下还没有对症的特效药物。我天天盯着电视，掌握疫情防控的情况，形势越来越严峻，公司里好不容易招来的二十几家租户，也因眼下情势跑得差不多了。

我的压力很大，经过一年多的努力、筛选，千辛万苦，终于使自己的物业公司运营了，没料到开局便遭遇这么大的疫情灾害。

媒体每天公布的疑似病例和确诊病例都在直线上升，死亡率也在节节攀升。各种封城的传言，人类灭绝的谣言，充斥着人们的视听。

一天下午，有位朋友决定回东北避瘟，因为京城疫情愈发严重，据说翌日将不允许人员离京。朋友车上尚余一座，于是我就把在北师大附中借读的儿子送上了车，回老家暂避一时。儿子上车时望着我，眼神里流露出深情的不舍与牵挂，可是我不能走！我必须坚守这个刚刚垒起来的生存阵地，别无选择。

我经历着前所未有的恐惧，面临着创业伊始竟遇夺命瘟疫"非典"的考验。如果我有个三长两短的，就把全家坑苦了。因为我之前向甲方缴纳的房租，不仅倾尽自家积蓄，还向亲友借了债。

"非典"期间，我有两样东西不离身，一是体温计，二是消毒水。我的双手被"84"消毒液洗得皮粗肉糙。公司的员工们尽量减少户外活动，大家也远距离说话，减少接触。幸运的是，公司租赁的三处物业大院内的所有租户和人员，没有发现需要隔离的对象，倘若封闭隔离，麻烦和损失就无可避免了。

紧张、恐怖笼罩着京城大地。

京城是"非典"重灾区，重大灾害面前，国家把老百姓的身体健康和生命安全放在第一位，及时研究和部署防治非典工作。在抗击非典斗争的艰难时刻，全国人民万众一心，白衣战士临危不惧、救死扶伤，我战胜困难的勇气与日俱增。

北京气温上升得很快，夏天说来便来了。经历了大灾大难的考验洗礼，我自觉心底的人生理念、事业追求皆有了升华。我带领员工站在三环路边，向过往行人发放房屋租赁信息广告。每天上千张的广告连续发放一周，却不见有人投租，这种状况令人感到奇怪。

一天，我翻看《北京晚报》，不经意间看到一版房屋租赁的信息，于是我让助手在晚报上用打广告的形式尝试一番。不料晚报的广告果然奏效，陆陆续续就有人来公司看房。这件事可见北京的市场化、信息化程度之高。据了解租户多在周六周日选房，大多是看周四、周五的报纸广告，然后来公司挑选预期的房源。这是一个细节，也是一个规律。所以，之后的十年中，我们公司主打的广告优选于周四、周五的晚报房屋分类信息版面，如此，公司的房屋出租率竟高达百分之九十五以上。

因祸得福，"非典"给我的公司带来了好处。疫情过后人们仍然心有余悸。大家更在乎选择低密度区域办公，这对我们公司其中的三十套连体双层

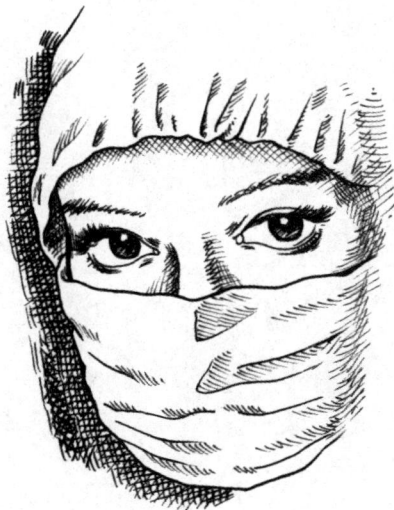

别墅来说绝对是个利好。几乎不到三个月时间，小院儿就出租得差不多了。出乎意料的是，"非典"还让我当年预计亏损几十万变成当年实现了收支平衡——产权单位针对不可抗力免租条款减免了我三个月的房租。一场"非典"几乎对冲了我的大部分物业闲置待租期。

这场突如其来的恐怖疫情让一些人生离死别，又一次诠释了人生的无常。我也在前所未有的恐惧中煎熬了两个多月。而我的物业公司却在灾难的演绎中提前度过了培养期，开始平稳运行了。

人生啊，就是由一个又一个福祸相依的机缘串联在一起的。你可以科学地去计划、努力、践行，但却不必太执着地去算计，因为有时候"人算不如天算"。

距离之美

距离产生美，美需要距离。

二〇〇四年五月，一天午饭后，我正在办公室看报，突然一个电话打进来：

"您好！是贾总吗？"对方问。

"我是，您是哪一位？"我问。

"哪一位？您猜猜我是哪一位？"对方说。

"我不猜，有事说事！"我说。

会是谁呢？我离开鞍山已十多年，离开营口也已三年多了。

因为当时流行一种电话诈骗就是这种聊法，我直截了当，看他还怎么说。便听对方挖苦我说："怎么？北京人了，就变这口气了？能不能跟老朋友客气点呀？"

这声音很有磁性又很耳熟，但有些久远……我在记忆中搜索着。

"你是敬元！"我脱口而出。

"你还行！还算是老哥们儿。我中午到北京，你先去东三环SOHO二楼的'茶马古道'等我，明天再去拜访你的公司。"

我与敬元已经很久没有联系了，仅知道他离开国企以后，携妻子和孩子移民到英国。中午，我在茶马古道餐厅恭候如约而至的老朋友敬元，我们边吃边聊，交流了整整一个下午，我了解到敬元一家移民到英国的初期，他们夫妻创业的那份艰辛和现在来之不易的安定与幸福。

尤其是了解到，敬元三岁就失去了母亲，被过继给无子女的伯父伯母。没过多久，伯母生下了自己的儿子。从那之后，他几乎是在伯母的巴掌下长大的。他童年和少年受的苦难是我未曾想到的，直到现在每逢冬天，儿时的冻伤仍时常会折磨着他。

一个人从小形成的性格特征，在他成年后的行为和习惯上是有痕迹的。这是岁月的沧桑。

敬元是个优秀的人：他修为出色，诚信正直，勤勉进取，严谨细腻的做事风格，对我后来的成熟有着不可或缺的影响。

但作为同龄人、好朋友，如果当年不是因我需要照顾生病的妻子离开机关回到基层的工厂工作，而是继续与敬元一起共事，我俩之间也许未必有今天的"情同手足"。两个有追求有棱角的年轻人之间，工作矛盾迟早都会产生，作为下属我无法控制矛盾的发生、发展和结局。

事物是发展变化的，时间在变，人也在变。当我和敬元的朋友情谊逐渐被正常的上下级关系取代后，我没有信心适应敬元优秀品质之外略显严苛、较真儿的性格特点。

在机关行政工作中，一个人可以且应该接受严格的要求，但较难习惯和适应始终如一的严格及细致。比如出席酒会，为了美观穿一双挤脚新鞋，坚持一会儿就过去了。倘若天天穿着，那结果必然是，要么脚被鞋磨破，要么脚把鞋撑坏。

当时正赶上有一个照顾妻子的合适理由，我选择离开敬元。

　　我和敬元不在一起工作后，朋友关系不仅得以延续，还得到巩固和加强。一直以来，我们都在关心关注着对方的成长，分享着彼此成功的喜悦。

　　这次敬元来北京看我，临走时为我的公司注入了一百万人民币的流动资金，对我这个下海北漂的创业者来说，无疑是雪中送炭。

　　二〇一三年国庆节前夕，儿子的阑尾炎手术后才七天，却执意要陪女朋友去英国旅游，因为行程已在半年前就计划好了。我陷入两难的境地：不同意，不忍心强行制止；同意，一旦术后恢复不好，造成二次感染如何是好？因为那是我的儿子，一切后果是要我来承担的。

　　睿困纠结中，我想起了敬元，他妻子是位医生！联系上他们夫妻后，敬元说孩子到英国期间的健康状况他提供支持和保障。我悬着的心才算着了地儿，也成全了两个孩子的心愿。

　　选择比努力重要。生活和生命中有些事情是无法界定是非的，当然也就没有对与错。而是取决于时间、空间和事物的对应关系是否是对的。就我和敬元之间关系的问题上，不论我如何努力，抑或不论我和敬元如何共同努力，其意义都远不及我"选择离开"的决定重要。

　　在这个日新月异的地球村里，我在国外唯一的哥们儿就是敬元。在茫茫人海中，遇见敬元，成为朋友，又成为知己，不是"贾好"，而是真好！

　　距离，是一片蓝天。

怀念殿平

我辞职下海后，先到北大学习。当漫步于未名湖畔时，那净土般的校园气息扑面而来。

开学第一天，在逸夫楼的阶梯教室里，我找了靠后的座位坐下。突然，有人从背后叫了声："贾市长！"这可是太熟悉、太亲切的声音了。我一回头看见了我的老部下殿平，他现在已经是锦山驻京办主任。我喜出望外地说："真是有缘，真是有缘啊！"一晃，我们已经三年多没见面了，居然在北大课堂上相遇，往日同事今日同学，缘分不浅啊！

从此，我在北京便不会孤单了。之前，殿平是古城红石镇的镇委书记。后来，组织调任他为锦山驻京办主任。

殿平转业到地方工作前，在中央警卫团服役多年，对北京的熟悉程度多为他人所不及，加之他的豪爽性格，来京之后如鱼得水，把一个原本默默无闻的驻京办经营得风生水起。那几年，地方政府招商引资、审批项目、跑"部"进京等任务十分繁重，殿平竭尽全力给各路进京人马牵线搭桥，为促进家乡的发展尽力奉献。

人的名，树的影。殿平出色的工作表现无形中提升了他在家乡的知名度。一个地区，在职和离退的干部，加上战友、同学、同乡等，总有几百上千人。

无论公干、私事，只要到北京必找殿平。公务接待、会议安排、首长就医、孩子升学、就业咨询等诸多事宜接踵而来。热心肠的殿平常常一天要陪好几顿饭局。殿平好客、仗义，一心想让"远方来的朋友不亦乐乎"。服务无止境啊！

一天晚上九点多钟，殿平电话约我去洗浴中心。我想这个时间点，一定找我有事。"权金城"的贵宾卡还是我送给他的，以回报北漂以来他对我的关照。

在"权金城"的热水池里，我俩可真是绝对的"裸聊"了。四十五度的高温池里泡着，一会儿工夫，大汗淋漓。殿平的眼睛红红的，一脸疲惫。雾气腾腾中，他眼里似乎充盈着泪水。我轻轻地问一句："老兄，累了吧？"

"身心俱疲呀！我太羡慕你了，贾市长。"殿平声音有些沙哑。

那天殿平从早晨六点去北京站接人，中午安排一个招商洽谈的午餐会，下午又去机场接机把刚退休的吴市长送到宾馆，还陪领导进了晚餐。

结果，不料安排的下属却疏忽了一位退休领导交办的孩子晚上返程卧铺票的事儿。他似乎不能原谅自己的疏忽，因为这位退休领导很少麻烦人。他反反复复地解释，就像是把我当成了那位退休领导。

驻京办主任的角色，和我当年在古城镁厂福利科的工作多有相似之处，常常是百密一疏啊！我不乏安慰地跟殿平说了自己当年工作的体悟：服务永远不会十全十美，本就是"永远在遗憾中行走"的工作，疏忽是在所难免的。任你从早忙到晚，忙断了胳膊腿也与别人无关。因为人家可能一年甚至几年才来京一次，让别人理解体谅你，怎么可能呢？

人都喜欢被重视，喜欢唯己独享、高人一等、胜人一筹、体验宾至如归的氛围。然而这成百上千的各路神仙，如何顾得过来？

　　奔波忙碌中的殿平终于病了。他的胰腺可能被日复一日、年复一年的工作"累坏"了。

　　不到一年的时间殿平就走了。他是个有情有义的人，多年跑上跑下、忙前忙后，陪完这位又陪那位……周而复始、连续不断，然而唯独亏欠的便是自己和家人。

　　悲哀的是，我们不知不觉活成了自己不喜欢的模样。我们内心的格调还沉浸在英雄主义的情怀中，但生活的一切早已淹没在俗世的卑琐与不堪中。

　　天堂中的殿平，终于轻松自在了。怀念你，殿平。

舐犊之情

北漂生涯的第二个年头，我把儿子从辽宁接到了北京。

回想过去那些年里，自己为了仕途奔波跋涉，对孩子陪伴实在太少。那些年我每天早出晚归，常常是早晨从家走时孩子尚在甜睡，晚间回来时孩子已入梦乡。多年我只顾忙不完的那些工作，对待孩子的成长教育一直缺位，几乎没有认真关注过孩子的童年与少年。

孩子读小学时我在国企忙，孩子读初中时我在政府忙，如今我辞职了、下海了、北漂了，终于有时间了，我要陪伴孩子一同成长。

自从儿子随我来京借读高中后，每天早晨上学时，我会拍拍他的肩膀，送他出门，有时也会为他鼓劲，高喊"加油"——这既是激励儿子，也是激励正在北漂创业中的自己。每晚他睡前，我都会在他的床头坐一会儿，摸几下他的额头。

儿子在辽宁古城考高中时，考的是普通班，因为校长的关照才进了尖子班。在这个班里，他的成绩与最后一名仍然有些差距。我鼓励儿子，只要超过最后一名我就予以奖励。

那天儿子放学跟我要奖励："老爸，奖励吧！"

"凭什么？"我问。

"我考第二名了！"

这个第二虽然是倒数的，可尖子班里递进一个名次何其不易呀！这得一言九鼎兑现奖励。这小子要的奖赏是请他要好的同学打台球、看电影……

转入北师大附中借读后，在这所北京的重点高中里，尽管儿子已用了洪荒之力，但在班级里的名次仍一直处在中游，没有达到理想的目标。我劝儿子："孩子呀！你已经很努力了，爸爸不介意你考试的名次。咱只要高中毕业考取北京的某所大学，只要有书读，只要人格优秀，其他都不重要。"

其实，孩子的阶段性学习名次固然重要，但放在生命的长河中却微不足道。而健康、阳光、进取向上的品格才弥足珍贵，才是茁壮成长的根基。

暑假里儿子学游泳，我全程陪同。泳池里人太多，一位教练要带好多名学员，疏漏的风险是难免的。据悉每年暑期，各地游泳发生意外事故也不少。

生活中，不是任何事情都可以完全托付给他人的。身为家长，绝对不可把孩子的安危都寄托在教练身上。为了万无一失，我便在泳池两侧通道上，随着儿子来来回回奔跑，追踪着儿子水中的身影，让儿子时刻都在我的视线内。

某天练习时，我突然找不到泳池里的儿子了，心一下子提到嗓子眼儿。我正焦急地四处张望，忽然听见他喊了声"爸爸"，我才发现儿子已经爬到泳池边坐下了。原来在我擦拭眼镜片的工夫，儿子的身影已经离开了我的视线，真是虚惊一场。

我陪伴儿子在泳池边来回地跑，一天、两天……直跑到他可以熟练地在泳池中游来游去。

二〇〇四年六月，儿子如期参加北京市高考。考场设在门头沟区，为了防止堵车误考，我提前一个月就在考场附近酒店预订了房间，准备考试前一天入住。那天，为了让孩子看书或休息不受嘈杂声音影响，我脱掉鞋子搬了个凳子坐在房间门外。每当有大声喧哗的客人经过时，我就上前礼貌示意。妻子把孩子在家用的床单、枕套等也带到酒店，让他在熟悉的味道中安心休息。

培养孩子有时像养花种草，浇水施肥要恰到好处，否则，过犹不及，弄巧成拙，过度的关爱却成了无意的伤害。那天，我还在儿子房间里摆了一大束百合花。哪知道百合花有很强的提神功效，导致儿子熬到半夜仍不能入睡。实在没法了，我便给他吃了安定片强制催眠。第二天早晨起来，我又给儿子喝茶醒脑，结果折腾得他又拉起了肚子。

好在儿子很懂事，也很争气。

儿子被北京工商大学经济系录取后，某周末回家和我说：“爸爸，我打算竞选学生干部了。”我说：“爸爸支持你！学生干部面对的是来自全国各地的学友，虽事情琐碎，会占用些学习时间，但能够很好地锻炼你的组织能力、协调能力以及合作能力，更会激发、促进你综合能力的提高，从而使你快速成长。”

我把儿子写的竞选讲演稿反复改了几遍，让他讲给我听，可是听后感觉不够满意。他一遍遍地重来，情绪都有些烦躁了。我对他说：“讲演的每句话都要用气息，把心声从肺腑中喷发出来，单以喉咙发出的声音，没有丹田之气的作用，显得苍白无力。连自己都感动不了，又怎可感动别人？”我又说：“再来一遍，只要我听得感动了，你就差不多可以竞选成功了！”儿子对我这句话未置可否，但确实很认真地又脱稿讲演了一遍。

又一个周末，儿子回来赞我——原来他在竞选中顺利胜出了。

我很高兴地说："讲演，只有先打动了自己，才可能打动更多的人。"

两年后，儿子荣任了学院的团委书记。

我和儿子登长城、爬香山、逛书店、看电影、评国足、读社会、谈未来……知无不言，言无不尽。这时候的父子仿佛是情同手足的兄弟，亲密无间的朋友。

某天晚上九点多钟，我的手机突然响起，是儿子打来的："老爸，救援啊！"

"快说！"我有些焦急。

"我跟你说过的喜欢我的那位女生，因我今天晚饭时明确向她表示我与她不合适，她便哭着跑了。刚才，我去她宿舍看，她还没有回来，会不会出什么事呀？"儿子有些担心地问我。

"傻小子，不会有什么事儿的。因为，你没接受这份感情，任何事儿都没发生过。没有伤害就没有意外。"我接着说，"再找找你们曾经去过的地方，如阶梯教室、图书馆等处……"我曾经跟儿子说过，茫茫人海中，有人在意或倾情于你，无论你接受与否，那都是一份恩典，一份珍贵的情意。即使无缘爱情，亦可化作友情。

不多时，儿子来短信："发现目标，一切正常，你又算对了。"

我回复："不是算的，是经验，当年老爸就是这么个找法儿。"

我与儿子时而是父子、师生，时而又是兄弟、朋友。在这样的亲情关系中，我对孩子不再是纯粹地说教，而是探讨、分享与交流。

过去，儿子的字写得不好，我发现以后很在意。

　　字是"写"出来的，没有捷径，功到自然成。练字是个枯燥的事儿，网络时代，让孩子坐下来练钢笔字，抵触是自然的。我于是想了一个办法，和儿子说："咱俩约定，我写一本你就照抄一本，公平合理，我决不以大欺小。"就这样，我精选名言警句抄写笔记，我写一本，他抄一本，这一坚持，就是几年过去了。几年中，儿子成长了，阅读习惯也培养起来了。写着写着，儿子大学就毕业了。

　　毕业后我陪儿子去北京市石油总公司报到。那天，人事处马处长递给儿子一张登记表，填完表格后，马处长赞许地说："小伙子，这批新招的毕业生里你的字写得最漂亮。" 在机关里工作，往往一个人的"字"就是一张"脸"。上班第一天，就得到处长的赞美，儿子那叫真有面子。下电梯时儿子喜滋滋地扶着我的肩膀，我心想，今天他应该懂得抄写那些笔记的意义了，也应该理解到老爸的用心良苦了吧。

　　一个人，亲子关系的成功，是人生成就的重要部分。世界上最美的交流莫过于跟儿子说心里话。而且这种交流越来越平等、顺畅、愉悦、有深度。

　　能从孩子身上得到幸福的人，才是真正的幸福。

Do
You
Understand
Yes
I
Get
It

第四章

人生何求

此心安处是吾乡，

人生的富足和圆满，

只与心有关。

把心放下，

生活就是一杯茶。

我家养儿不移民

一个烟囱一股烟，一家门口一片天。

严格地说，世界上有多少人就会有多少种活法。大千世界，芸芸众生。就是因为人们的活法各异，所以光怪陆离、精彩纷呈。

每年的中考和高考前后，孩子究竟是否出国留学，什么时候去留学，选择哪个国家，选择什么专业，毕业后是否移民等问题，让许多家庭举棋不定，不得要领。

我不反对送孩子留学和移民，"世界这么大，应该去看看"。我的儿子已经先后去过印尼、新加坡、美国、英国及日本等地旅游和考察。但我的儿子不留学也不移民。

谁家的孩子该不该出国留学或移民，过去、现在和将来都不会有一个可供参考的科学标准。但留学的考量必须掂量家庭的经济承受能力，兼顾未来的就业，同时谋划是否关乎移民。

我的同事汪兄，家境普通、衣食无忧、略有积蓄。孩子从中央财经大学毕业后，携男友赴澳洲留学、谋职、定居、生子，一路顺风。汪兄与爱人离休后，每年都去澳洲女儿那里住两个月，一切安好，唯有牵挂国内高龄父母的生活。有一次，两口子从澳洲回来才知道，汪兄的岳母因病住院，为了不惊扰他们在澳洲的时光，是汪兄的外甥女坚守在陪护岗位，直到他们回来。

后来，在女儿回来探亲时，汪兄夫妻俩与女儿协商，将家产的继承权给了外甥女，晚年的陪伴也主要依靠外甥女了，和女儿还是像走亲戚一样的随机探望。充满爱心的两代人，都能够贴心地理解和体谅彼此的安排。生命是独立的，但生活却不是孤立的，一个人的角色既是父母的儿女，又是儿女的父母，这是人的生命体系。而生命体系与个人的生活体系息息相关、密切相连，取舍之间是利弊的权衡，也是生活方式的选择。这样的权衡与选择，只关乎你要什么、你能承受和担当什么，而无关对与错。其过程与结果，只能归为宿命。

我的儿子大学毕业时想去英国留学。我给他的建议是：留学可以，但要与回国就业关联起来。我不赞同他在国外寻求就业或移民，我不违心地告诉他，身为父母的我们要支撑双方四位老人的晚年保障，且只有他一独子，我希望今后能与他生活在同一个城市，互相都有照应，让这份唯一的亲子之情不局限于只能享受节日的贺卡、周末的电话或视频以及定期的探望，而要让彼此成为日常生活中的一部分。

当然，如果一个家庭经济力量强大，人力资源丰富，选项就可以更加灵活，更随心所欲，但有这种选择能力的毕竟只是少数人。如果谁是某方面的专才或精英，肩负着国家或民族的使命与重托，为了惠及众生而担当，个人和家庭所做出的牺牲是值得尊敬的，这种牺牲也是非常值得和必要的，有的甚至是可歌可泣的。

我不苟同仅仅为了在国外多赚有限的那一点钱，而让风烛残年的父母长期无依无靠，饱受孤单与无助。如果人生注定普通与平凡，我赞成就在自己父母身边普通或平凡下来，让普通的孝心和平凡的陪伴凝聚成点点滴滴的天伦之乐。

生活实实在在，日子平平常常。我们普通人的日子，就是努力基础上的兼顾与权衡，或是兼顾与权衡基础之上的努力，其实旨就是为了让生活和生命更加充盈、更加饱满。

如果有两个孩子，选择就更容易一些。移民一个，也许是家庭命运和发展空间的某种延伸。

对老年人而言，身边有儿才有家，身边有女才有爱。儿女在哪儿，家就在哪儿。

我从北京回到大连，儿子也跟着我回到大连。他结婚时选择了与我居住在一个小区，中间隔着五栋楼。

那天儿子对我说："老爸！你家对面楼有出售的信息时，可以考虑让我换过来，人老了身边没个孩子还真的不行，我楼上那家爷爷奶奶，儿孙都在美国，孤零零的，太可怜了。那天，我帮奶奶从楼下把粮油送上楼时，老奶奶感动得哭了，我觉得那眼泪里还有辛酸与无奈。"儿子这番话差点让我感动得流出泪来。

从世俗的眼光看，人的生命从哪里来？到哪里去？人活着的意义究竟是为了什么？归根结底，是要活得有点尊严和活得比较舒服。

为了成功与成就吗？那么成功与成就又是为了什么呢？为了前途与理想吗？那么前途与理想又是为了什么呢？为了使命与担当吗？那么使命与担当又是为了什么呢？

生活与生命的真经，每人一本每家一册。无论这本经怎么个念法，都是为了好好地活着。让活法与活着之间好好地妥协与兼顾，才会相对圆满。

　　一个不仅想让自己活得好，还想着让亲人甚至更多的人活得好的人，是值得尊敬的。一个不仅能让自己活得好，还有能力让亲人甚至更多的人活得好的人，更是让人敬佩和羡慕的。

　　对待孩子留学和移民问题，不同的家庭结构和背景会有不同的权衡和考量。倘若了无牵挂，父母陪着孩子，换一方山水，享异域风情，活随心所欲，乐自由自在。人生，夫复何求？

　　我的儿子不移民，我既可以安心地照顾老人，又可以常常与儿子团聚。儿子帮我，我也帮他，我俩有时是父子，有时似兄弟。如果因为忙了，几天未见，我便早上七点钟到他停车位那儿散散步，借他发动汽车的当口与他交流几句，然后，他迎着朝阳开车上班，我迎着朝阳回家早餐。

　　亲情浓郁，生活安好。

搓痒痒

有一天，我请几位朋友在大连一家饭店聚餐，大家快吃完的时候，我礼节性地说了句："大家吃得怎么样？要不要再加两个菜？"

少时，儿子点了两个菜上来。

原来他把我的话当真照办了。饭后，其中一位刚退下来的老领导坦诚地对我说："老弟，要放手啊！让孩子尽快尽多地接触社会，这孩子太单纯、太善良了。这样走上社会是要受委屈甚至会受伤害的。"

我懂这位仁兄的好意，这个世界有阳光明媚，也有阴霾黑暗，不能总是把孩子放在馨香的温室里，要让他出去经风历雨。

事后，我找机会认真地对儿子说："这个世界并不那么纯粹，也不可能为你纯粹。你要一直努力，努力到足够强大。"

记得小时候，家里曾养过一只小花猪，妈妈每去喂食就会顺手给它搓痒痒。当小花猪跑出去撒野时，别人是叫不回来的，妈妈却能。只要妈妈"喽喽喽……"地叫几声，小花猪就会扭着屁股往回跑。亲近孩子与亲近动物有异曲同工之妙。

自然界中没有谁喜欢被束缚被教育，动物是这样，人也是这样，成人世界是这样，孩子世界更是这样。

有一年我的生日，儿子送我的礼物是精装收藏版的《名家经典歌曲专辑》。早上醒来，一眼看见床头上那幅我喜欢的女明星照片，不由得一阵感动：这哥们儿，真够意思。

孩子小的时候，大人给孩子"搓痒痒"。孩子真的长大了，也开始给我"搓痒痒"了。我感觉到有一种温暖和一股反哺的力量，时刻充盈在我的生活和生命中，滋润着我的心。

放手让孩子闯荡社会几年后，他边工作边与爱人、朋友注册了大连四只苹果餐饮服务公司，其合作经营面向全国加盟的餐饮项目"该吃肉了"，勤勉耕耘了三年多，几十万的投资很快全部收回，整体进入了稳定的盈利模式。

吃鱼

曾经听爷爷说：山有多高，水就有多高；水有多高，鱼就游多高。

老家山沟的小河里有好几种小鱼：沙丁、泥鳅、白肚。由于每年雨季顺山而下的山洪和泥石流的涤荡，这条小河里几乎长不成可供人们美食的大鱼，连小拇指大小的鱼都不多见。所以我们这些远离江河湖海的人就少了一份口福，吃不到海货，尤其是吃不到新鲜的大鱼。

饮食习惯与自然环境息息相关，妻子本来是位优秀的厨娘，以前住的离海远也就没有做鱼吃的习惯。后来，到了沿海地区的城市工作几年后，咱家的厨娘也学会了偶尔做做鱼吃。

说不清是怎么回事儿，自从我家厨娘会做鱼之后，我竟多次被鱼刺卡住嗓子，有时自己可以处理好，有时候就必须去诊所拔鱼刺儿。因此，我也就怕吃鱼，尤其是那些刺多的鱼。事物就是这么有意思：往往是刺越多的鱼，鱼肉就越鲜美。

也许那个月运势不太好，在不长的日子里，连续两次跑到诊所去拔卡在喉咙里的鱼刺。每次被扎，自己都很后悔，为什么要吃这几口鱼呢？连带责任当然少不了埋怨厨娘：做点什么吃不好，偏偏做鱼。一般来说，妻子这当口是懒得理我的，人家天生厚道，不仅不计较，还陪我去诊所拔鱼刺儿。

有一天，妻子做了个香椿炒鸡蛋，我不喜欢吃香椿，就顺嘴说了一句：

　　"做这菜干吗？不好吃。"从来不和我一般见识的妻子却一反常态，说道："你不爱吃不代表别人也不爱吃。就像吃鱼，你扎刺还要埋怨我几句！你不是挺明事理的一个人吗？怎么这就不明白了呢？！"我受到了老实厚道的妻子少有的严肃认真的"批判"。

　　活该倒霉，遭到批判的第二天中午，又是家焖黄花鱼，我又一次让鱼刺卡住了喉咙。妻子和儿子见状，略有顾忌，以为我又要责怪和埋怨一番，我却一反常态，苦笑一下，自己开门就往诊所跑，拔鱼刺去！

　　人啊，怕惯。自己吃鱼扎刺，却毫无道理地怪别人，人家不计较，咱就扎一次埋怨一次，直到被批判了才觉悟。当然，家庭里的迁就和包容，是一种尊宠和疼爱，这与外面的世界不太一样。

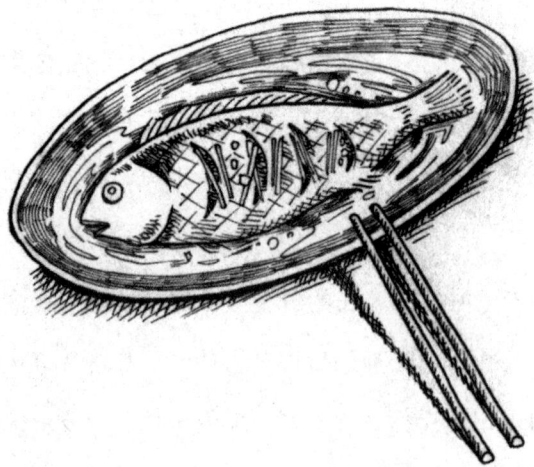

　　生活中有不少这样的人，明明是自己该承担责任的事情，却总是千方百计地找理由逃避，甚至推脱或转嫁。对这样的人不要一味迁就，要敢于斗争、敢于说"不"！不能一以"惯"之。

　　现实生活中，往往你越明事理就越没人把你当回事儿。时间可能让你学会了迁就很多人很多事。然而也让有些人约定俗成，习惯了你的迁就，让你的迁就和包容，成为一种义务。

　　在社会上，你若憨厚、朴实、善良到没有边界，就会有人把你当成软柿子来捏。如果人没有脾气，没有性格，那就会"宠坏"了身边的人。

　　在生活中，你若好到毫不计较，有人就敢坏到肆无忌惮。所以，要留下些棱角，呵护你的善良。

茶馆的翠竹

结束十年的北漂生涯后我回到了大连。平时没什么事时，就在自己的茶馆里看书、会友、发呆。某天，我站在茶馆门口，突然想起在北京的日子里，时常去雍和宫旁边的一家茶馆喝茶，特别喜欢他家门前那小片绿竹。

前年秋天，朋友强哥满足了我的心愿，帮我在茶馆门前的墙边栽了一小片毛竹。经过一个冬天，毛竹挺过了风霜雨雪，居然活了过来，叶子由黄泛绿，但就是不长个儿。一直到秋天，还是那样儿。不过也挺好，毕竟门口有了一小片摇曳着的绿色，它让我过于安静的生命都跟着活泼了许多。

今年春天，从那一小片毛竹中突然蹿起二十多棵两米多高的嫩苗儿，虽然还没长叶子，但是那股子拔地而起的劲头，令人惊叹，更令我心生欢喜。我想，到了秋天，它们定会脱颖而出，另创一片新的风景。

茶馆的姑娘们给竹子又是浇水又是施肥，过了几天，竹子就沐浴春风迎着阳光，舞出了一片片枝叶。

五月七日下午，我看见茶馆门前的马路边上仨穿着校服的十来岁小男孩，每人手里握着几枝绿竹子玩耍。我赶紧检查我的那小片"新竹林"，果然遭了殃，新竹苗所剩无几。

穿着校服的仨男孩看见我从茶馆里走出来抬腿就跑。巧的是，过一会儿当我去停车场时，又遇上手握竹子的这仨男孩。我很生气，可对小孩子们又不能如何。

　　我说："孩子们！为什么要跑呢？你们跑说明你们知道自己做了错事。这样的事是坏事！如果一直做下去可能就变成坏人。我们要做好孩子，将来长大了还要做好人，对不对呀？"

　　仨孩子，一个低头不语，两个脸有点红了，不自然地微笑着。在他们互相推诿中，我猜到是低头的那男孩子带的头。这时有位中年妇女站到了那孩子身旁。我想，她可能是这孩子的母亲。

　　我本以为她听到我说给孩子们的话后会批评孩子几句，或叫孩子认个错。然而让我既失望又意外的是，这位妇女对我说："那你怎么不把竹子看好呢？"然后转头对那孩子说，"在这儿等我，我给你买蛋糕去。"

　　我望着她走进蛋糕店的背影，感慨万千。其实，我的损失不大，十几棵竹子而已。"顽童折不尽，春风吹又生"，待到明年，还会再见。

　　可这孩子呢？他不仅错过了这堂难得的人生教育课，还不幸地接受了母亲错误的引导。让孩子觉得自己折竹子没错，错在主人没把竹子看护好。孩子做了错事，不但没受到批评，他母亲还为他买来蛋糕，奖赏他。这孩子有这样的母亲，会有好的明天和未来吗？我真替这对母子担忧。

　　今天是母亲节，我要感谢我的母亲对我的一贯教导：从小就要做个好人。

　　从广义上说，一个人有一位好母亲，才会有好的明天；一个社会有越来越多的优秀母亲，才会有好的希望和未来。

车位的烦恼

我的水无忧茶苑，位于中山区丹东街清华园小区南门西侧。茶馆门前可以免费停车，如果有序摆放，最多可停放六辆车。来茶馆喝茶的客人一般都会先打个电话，询问有没有停车位。

前些年，私家车只是少数人拥有，客人们多是打着出租车来喝茶或玩牌，茶馆门前的车位常常停不满。店里姑娘们还真希望有豪车前来停放，以彰显茶馆生意兴隆。

那些年，若谁家有辆小汽车可是了不起的事。有时，车是地位的象征；有时，车是实力的彰显；有时，车可以为爱情锦上添花；有时，车还会给友情雪中送炭；有时，车是生活的里子；有时，车是交际的面子。

随着国家的富强，不知不觉间小汽车已经满大街都是了。人行道上停着车，马路边上停着车，小路大路堵着车，整个城市成了车的世界，车的海洋。你开车出去，若能顺利找到个车位，像中了奖一样，让你开心愉悦。现在的车满为患，已折射出产业规划、社会管理、国民素质等存在的诸多矛盾和问题。

这些年，小汽车越来越多，茶馆深陷停车矛盾的纠葛中，苦不堪言，想不出任何好的办法来解决。面对乱停乱放的车辆也只能包容、忍耐、提醒。说起来，车位之忧本不算烦心的大事，但又不是一件小事。

有一辆白色奔驰车，好多次不按划线随意停放，而且一停就好几天，影响到仅有的几个车位的正常使用。车主根本不留联系电话，我们找不到车主挪车，只能在车门上留个字条，请他今后停车入位或留下挪车电话。但是没用，照常乱停乱放。

某天，这辆奔驰又停了进来，又是不留电话，我和朋友用车将他的车夹了起来。然后，我们把自己的挪车电话拿走，守株待兔。傍晚，司机终于露面了，绕着我们两辆车找挪车电话。没找着，他也着急，他也无奈，还用拳头敲我车后备箱的盖子。

我走上前去指着我自己的车说："这车谁的？怎么也不留个电话呢？太不像话了！"

那人说："就是！这车紧贴着我的车门，哪有这么停车的？"

我对他说："先生，您也知道乱停乱放不好啊？找不到车主电话您也着急呀？可您的车在这里每次都停几天，也不留个电话，让我们的车进不来、出不去。以后您一定也不要这样。"看着我把车挪开，给他让路，他的表情并不友好且毫无歉意，开着车扬长而去。

生活中，有不少这样缺少教养、极端自私的人。他们一切以自己为中心，脑子里只有自己。一事当前，只替自己打算，不管别人的处境、感受和冷暖。其实，这等人知道自己自私不着调，却总是揣着明白装糊涂。

有时候，很怀念二十世纪八十年代的社会，感觉那个时候的社会生态特别厚道。厚道的社会，是由无数颗厚道的心组成的，人的心里不仅有自己，还应装着别人。在厚道的环境里生活是一种幸福。

一个社会，厚道的人多了，才会安然而温暖。

向前一步有多远

我的茶馆，面积三百多平方米，分上下两层。装修设计时考虑到顾客方便，每层分别设有卫生间。

营业了一段时间，我才发现有些客人习惯不太好，常常造成卫生间有异味。二层包间可以关上门，影响不是太大，可是一层大厅就遭殃了。

怎么办哪？几番思考后决定一石二鸟：取消一层卫生间；把二层卫生间再装修得高档一些。

怎么个一石二鸟呢？我家茶馆的仓库十分窄小，部分存量茶品及包装盒无处存放，一直也是个没办法解决的问题，一层卫生间取消后，我将空间改造成了仓库，一下子解决了仓储问题。二楼卫生间，硬件改善了，倒逼客人使用卫生间时能自觉改变陋习。就这样，一是解决了异味问题，二是解决了库房问题。用了一次减法，解决了两个问题。

我为了让自己这方天地更洁净、舒适、清新，装修改造投资不少。新卫生间投入使用后，在显眼的位置设置了友情提示：来也匆匆，去也冲冲。整个茶馆的环境变好了，但仍然有不少人"来也不冲，去也不冲"，甚至弄得里外都是，仍然只能依赖茶馆的员工来保洁。

这几年，之所以能常常回老家看望年迈的父母，完全依仗高铁方便与快捷。踏进高铁的车厢，心中就充满着无限的自豪感。然而，每当我使用高铁卫生间时，心里却感到很不舒服也很无奈，不禁感慨良多。那么好的卫生间，我们大家为什么就不能"向前一小步"好好地爱护使用呢？

个人的文明习惯不好，不应该怪党和政府，也不能怪学校和社会。我倒觉得，这个责任在父母，确切地说，成年男人的领地，若气味冲天，环境不堪，父亲们难辞其咎。

日新月异的时代，社会一直在跨越式发展。尤其中国男人，向前迈这一小步为什么如此慢、如此难呢？这一小步，难道还需几十年、几代人吗？

爱在生命的每一天

我考驾照时已过了天命之年。

考"科目二"那天，倾盆大雨，妹妹贾茹一直打着伞陪着我在驾校跑来跑去。直到取得驾照，妹妹前前后后陪了我好多天。手足之情，血浓于水，这是亲情之爱。

进入实习六百公里驾驶阶段时，我每天从海城到牛庄跑一个往返。那天，在牛庄附近的一条乡间公路上，车以时速 30 公里的速度前行。我隐约看见一条茶绿色的蛇在穿越公路，当时刹车已来不及了，我打了方向盘走了个"S 形"然后停车。教练被我突如其来的动作吓了一跳。只见那条蛇已经越过公路，向路边沟里的草丛中爬去。那一刻，我的心情有一种从未有过的愉悦。

我急打方向盘，是我打心底里重视这条生命，这是人对生命的爱与悲悯。蛇能否在我的悲悯下成功避开危险，是它的宿命，因为我不敢保证车轮能否避开它。好像从那一天开始，不知不觉地，我对生命的认识和尊重又达到了一个新的境界。

这也许是对自己人性的救赎。小时候，掏鸟窝、抓小蛇、捉青蛙等残害生命的事情，我还真的干过不少，而且心安理得，从无悔意，不觉得伤天害理。一个不懂得尊重和爱惜其他生命的生命，是有缺陷的生命。尊重和爱惜生命，应该是人类最基本的爱。

我没有做过赎买动物去放生的事情。我觉得那样做未必科学，因为，生态是自然的。但我做到了每逢去饭店用餐，只要客人不点活物，我不会主动去点，也不会主动去杀生。

那天雨后，我正抬脚上车时，发现车前轮边上一条大蚯蚓在艰难地爬行，便用一根小木棍将其送至路边的草丛中。这一幕恰好被邻居郭兄看见，他笑着说："老弟，你一会儿开车怎么办啊？哈哈！"我知道这是郭兄和我开玩笑，也是对我的行为有些不解。我回答他："车照开，路照走。"

一切随缘，无须刻意。遇见了，心生慈悲，要么手下留情，要么伸手援助；遇不见，无缘与我，吾心则空。

郑渊洁先生说过："这个世界上绝了哪种生命形式都会导致地球毁灭。狮子和蚂蚁一样伟大，小草和人类一样重要。"

梭罗在《瓦尔登湖》中写道："要是没有兔子和鹧鸪，一个田野还成什么田野呢？他们是最简单的土生土长的动物。"

人间之爱，无处不在。对爱的珍惜和奉献，是缘于生命的有限和无常。在有限和无常的生命中，有一种痛最无助，那便是愧疚之痛。因为愧疚，一般都无法弥补。

我无法理解有些人，因为愧疚而捶胸顿足追悔莫及。俨然是在演戏，也像是在逃避。如果心不安宁，表演的意义究竟何在？减少或消除愧疚的唯一途径就是珍惜当下的每一天。在你有能力把握的每一天里，暖你所暖、亲你所亲、爱你所爱。

纵然有一天你没有了爱的能力；或者你的爱无法抵达彼岸时，但你仍然可以心安。因为，你已经倾心倾情地爱过了。在生命的海洋里，心安的感觉是最好的。

爱，可以让人心安。

梦境如真

天命之年后，梦渐渐地多了起来。

那天凌晨口渴得要命，爬起来喝了点水，又继续睡了，进入了梦乡：在某屋子的天棚上，突然有根管子漏出好像乳白色的涂料。我喊："水苗！水苗！"水苗姓董，是一家装修公司的经理，也是我深信不疑的好友。我梦里房子漏水了，还忘不了喊他名字。梦里的水苗说到就到，三下五除二，把管子拧紧不漏了。我也醒了。

平日里，房子漏水这样清晰的梦境极少有，我想其兆不祥，多少有些顾忌，联想到自己驾龄才一年多，行驶不到一万公里，这几天开车时要十分小心。

一天下来，平安无事。晚饭后，我顺手从柜子里拿出一瓶红酒，"啪！"一声，手没握住，酒瓶掉地摔碎了。太太奚落我说："没事找事，无缘无故摆弄酒干什么呢？"难怪人家说我，干吗要动这瓶酒呢？

第二天，我开车前绕车转一圈，上车系好安全带，低速慢行，驶到小区外第一个路口遇上红灯，我前后都有车，信号等待中。当绿灯亮起时，我打开左转向灯跟着前车缓慢行驶并将开始左转弯，突见左边闪过一道白光，竟是一辆车冲了过来……一切都来不及，只听"砰"的一声，我的驾驶室车门被撞废，气囊弹出，等我从惊吓中缓过神来，摆摆腿、摇摇头，身体无恙。

但车门无法打开，只能从另一侧下了车。

我问肇事司机："你闯红灯了，没看信号灯吗？"他说："我是金州的，两年多没来这边了，这里原来好像没有信号灯，疏忽了！"他说得没错，这处信号灯才设置一年多。但开车还能凭借过往的记忆吗？

报警、拖车、定责、维修……一个月后，我又开车上路了。

有惊无险，福大命大。我无法诠释那天"房子漏水"的梦境与车祸的某种关联或巧合。但开车上路，你的命，往往握在别人手里；别人的命，也常常握在你的手里。瞬间，就是天翻地覆或阴阳相隔。

有部纪录片《生命最后十分钟》，这是纪念二十世纪八十年代日本大阪空难的片子。尾声有几段字幕令我记忆犹新。

人生看似很长，但生命无常。很多事总觉得来日方长，但当生命突然被画上句号时，才警觉留下的是太多的来不及。来不及孝顺父母，来不及陪陪孩子，来不及实现对家人的承诺，来不及完成梦想……

当面对生命最后一刻，您还想跟谁说声谢谢？还是想跟谁说声我爱你？抑或是你只求再拥有一点点时间，能与最亲爱的人静静聚在一起。

感恩此刻我们还活着，还有实现梦想的能力，还有创造价值的机会。邀请您一起把每一刻当作生命最后一刻，把每个机会当作人生最后的机会。珍惜身边所有的人和事，把握生命每个当下，闪耀人生。

爱惜生命，善待每一个人，都要从自己做起，从现在做起，只为让所有的生命平安幸福。

晚年之忧

　　老舅和舅妈都是安分守己的老实人，一直生活在钢都鞍山，育有一儿一女。女儿大学毕业，被分配到复旦大学工作，在大上海成家、立业、生子，过上了自己的小资生活。儿子高中毕业，工作、失业，再工作、再失业；结婚、离婚，再结婚、再离婚……一直不停地折腾着。

　　前几年，老舅身体没大毛病时，照顾患有轻度抑郁症的舅妈，日子过得也算平静。女儿过女儿的，儿子折腾儿子的，老两口过老两口的，平凡人过平常的日子。

　　人啊，一旦过了七十岁，日子过得就快，变故也会多起来。本来可以料理生活的老舅突然病倒了。以往，老舅照顾舅妈多一些，现在变成舅妈照顾老舅了。老舅患上了中度帕金森综合征，为了解脱病痛和减轻舅妈及女儿的负担，竟割了动脉。然而老天未予成全，老舅求死不成活了下来。

　　过了一年，某天早上，靠安眠药才能入睡的舅妈醒来一看，老舅伏在地上，脸朝下，人已经"走了"。究竟人是怎么掉在地上不得而知。舅妈说："老头子都是为了我呀！为了我才了结的，是让我去女儿那儿生活。可我不能去呀！我可不能给女儿添麻烦呀！那么一个小房子，我去了要几口人挤在一起，一家人怎么生活呀？我就在这儿陪儿子折腾吧！"舅妈不想扰乱女儿一家的生活，也牵念折腾着的儿子。

老舅走后不久，舅妈又患上了脑梗，导致半身不遂。她把房本和十万元积蓄都交给了儿子，坚信儿子是她的亲人，会管她的生活。没料到儿子转身却把她送进了养老院，从此杳无音讯。

女儿每季度从上海飞回来一次，陪妈妈在养老院住两天，再交足下季度的养护费用之后离开。女儿有孩子、有丈夫、有工作、有自己的生活。尤其是，她自己身体也有些病痛。每次母女俩分手时都要抱头痛哭，洒泪而别。

每家养老院的服务和生活标准是不一样的，她们能承受的就是普通的养护条件，保证你定点定时的吃、喝、拉、撒、睡。请专职护工，有几人能雇得起呢？亲友和邻里们都埋怨舅妈，不该把房子和仅有的那点存款交给儿子，舅妈却哭着说："我连儿子都信不过，还能信谁呢？"

养老院里，每天早饭、午饭后，舅妈有两个选择：一是让护理员扶着上床躺下，直到下一顿饭再坐上轮椅；二是让护理员把她捆绑固定在轮椅上，推到大厅的电视机跟前看电视。这就是舅妈现在每天过的日子，也是她人生最后一程里凄凉的时光。

舅妈眼下令人心酸的处境，该怪儿子吗？怪与不怪都没有意义。还要女儿多做一些吗？女儿已经尽了最大努力。生命到了这一程，所有的友情和普通的亲情，存在的功能和意义，已基本消失殆尽了。亲戚们除了隔段时间来看一看、坐一坐，陪着她长吁短叹一番，又能如何呢？

人们热爱生活、创造生活、歌颂生活，大都是描绘平常生活之上的那部分美好。而人生最难熬的、最折磨的、最无奈的，却是生活自理能力下降，甚至力不从心的时候。这段最无助最苍凉的时光，该怎么面对、如何安排、怎样度过？

青年人、中年人都要思考这个问题，为自己，也为父母早谋划、早打算。老年人要思考这个问题，为自己，也为儿女。

国家和社会更要思考这个问题。比如生育政策的制度安排如何更加科学，社会保障制度和体系如何完善，都是任重道远的大问题。

我们都希望社会发展与进步，因为社会的每一次发展与进步都可惠及民生。但是作为个体的一个人，一定要有自己的打算或规划，让自己的老年生活幸福美满，充满着阳光。

每个人都会有晚年，如何安度晚年是每个人、每个家庭和社会都必须认真面对的问题。但愿"最美不过夕阳红"不仅是一句歌词，更是真实而温暖的生命晚霞，映照人间。

悲凉

前些时，曾写了篇《晚年之忧》，说的是舅妈的房子给儿子占了，儿子把母亲送进养老院的经过，由此联想到对晚年生活的种种担忧。

一天早上，接到二姐从家里打来的电话，问我可否把寄住在养老院的舅妈接到家里，由她和妹妹同时照顾母亲和舅妈的生活起居。

二姐说舅妈在养老院里很可怜。一天三顿饭之后，舅妈半身不遂的身体，若躺下，就得卧床几小时等到下一顿饭才能起床，中间除了呼叫饮水和换"尿不湿"之外，只能孤孤单单地躺在那里，耗着她悲凉而时日不多的晚年时光。她不想总躺着，只能让护工把她绑在轮椅上傻傻地坐着看电视，这比卧床要好些，可以与其他老人有一些交流。

可怜的舅妈，现在最渴望的事情就是每隔两个月女儿从上海飞回来陪她两天，再就是我的二姐偶尔去送些吃的，陪她坐坐。

我理解二姐的善意，无法当即回答她。因为这事儿远没有二姐想得那么简单。有这份心和有这个力量是两回事儿。

舅妈患有脑血栓后遗症，生活不能自理，还伴随中度抑郁症，我母亲患有轻度的小脑萎缩和各种的高龄老年病，如果两位病人在一起，一位是母亲，一位是舅妈，时间一长，必然会在一些生活细节上产生冲突，她们会计较在护理中产生的厚此薄彼的不公平，甚至会产生一些解释不清的误会。帕金森综合征和抑郁症都会表现在病人的精神上和情绪上，而老年病人之间的矛盾是不好调和的。

再说，二姐年过六十，妹妹也五十有余，她们两人很难承担同时照顾好两位卧床病人的重任。勉强为之必然会虎头蛇尾，力不从心，难以为继。

如果舅妈的病情有突发状况，如何治疗、抢救，甚至善后？这些都是舅妈的儿子和女儿才有资格决定的事情，二姐和妹妹是没有能力处理好这些事情的。

二姐说，舅妈应该用法律手段将自己的财产和积蓄要回来，雇一位专职护工，让自己最后的生命时光体面而有尊严。可这是舅妈与儿子之间的事情，我们做外甥和外甥女的是没有资格介入其中的。舅妈并没有责怪儿子，也没有依法维权，我们这些"外人"又能怎么样？

我思前想后，没有想出什么万全之策。于是回复二姐：不要接舅妈了。

善良和爱是无限的，而承担责任的能力却是有限的。这件事情我们无论如何都做不好。任何人若勉强做自己根本不可能做好的事情，结果必然事与愿违，自讨苦吃，焦头烂额，悔之不及。我劝二姐还是尽心尽力照顾好咱年近九十的老母吧！倘有余力，仍如从前一样，做些舅妈爱吃的饭菜，抽空去看看她。

一个人的晚景如何，取决于自己的规划安排、子女的担当和社会保障，三位一体。无论是谁，晚年生活都是必须提前重视的一个课题。老有所为、老有所养、老有所依、老有所乐。未雨绸缪，有备无患，要有靠谱的规划才行。

操劳一辈子，如若手里攒了些银子，一定要握紧了。因为你终将要用这笔积蓄，支撑你生命最后的尊严。

珍惜当下

江湖上称爷，得有口碑和实力；在家里称爷，前提是你得有孙子。咱没那德行和资本在江湖上称爷，在家称爷就成了我唯一的期盼。

孙子真是成全我，小家伙赶在狗年到来之前紧紧抓住了鸡年的尾巴，赋予了我全新的身份，给我送来了做"爷"的资格。在二○一七年岁尾，我终于堂堂正正地当上了"爷"！

今年的除夕和往年不同，多年来我一直都是回老家陪伴年迈的父母过年，今年却因孙子尚未满月，老伴儿要伺候月子里的儿媳妇和孙子，我也就留下来陪孙子过了他人生的第一个春节。我改在"小年"提前回老家看望了母亲，而父亲已在天堂过他的第二个年了。

围坐在年夜饭桌上的几位家人，我的年龄最大，当之无愧地成了全家的"长者"。看到胖乎乎的孙子，我心生欢喜，天伦之乐油然而生，真是令人心暖心安。

端起年夜饭酒杯的时候，我想起母亲今年有姐姐一家陪伴过年，心里很是放心。姐妹兄弟多就是好啊！

坦白地说，我在除夕夜没有想起爷爷奶奶，也没有想起外公外婆。直到年初一的中午，拿起一块糖果吃的时候，突然想起了那年我去石家庄叔叔家过年，奶奶曾背着我的两个弟弟悄悄塞给我两块奶糖，从农村来的我，很少见到那么高级的糖果。这一刻，我才想起了我的奶奶。之后，随着思绪的延伸，我又想起了爷爷、外公和外婆。岁月悠悠，几位先辈已经远去三四十年啦！再过三四十年，我的孙子会想起我这个爷爷吗？想起我的意义又是什么呢？再过五十年、一百年，我是谁？谁是我？已没人知道。那时，谁还会想起谁呢？

时间长河川流不息。未来会变成明天和今天；今天也必然成为昨天和过去，且渐行渐远……而昨天和明天、过去与未来的交汇处，正是今天、正是承载着生命故事里一个个生动活泼的当下。

珍惜当下，至高无上。

人啊！还是要活在当下，唯有当下，才是生命中最宝贵、最具意义的时光——有能力做好人，有机会做善事，赋予生命丰盈的价值；更可以与人为善、不欺弱者、不辱使命，为社会做更多力所能及的事情。

懂得珍惜，懂得感恩。知道谁对你好，谁爱你；也要知道该对谁好，该去爱谁。更要反思，过去的这一年，我做得好吗？过去的这些年我做得好吗？我对得起和平岁月中衣食无忧的日子里那份人伦和初心吗？

反思之后，会更清晰——我是谁、我从哪里来、我要到哪里去。为下一个除夕举杯同庆时的无愧于心，在扑面而来的这个春天里，我该播种些什么呢？

Do
You
Understand
Yes
I
Get
It

第五章

尽是笑谈

梦想很丰满，现实很骨感。

转眼数十年，不敢言沧桑。

遥想经年，着实艰难。

当下回望，尽是笑谈。

给荷尔蒙一点时间

郑姐是古城镁厂宣教部朱部长的爱人。娃娃脸、大眼睛，略胖的身材配上她一米七的个头仍显得协调、匀称。郑姐在财务处工作独当一面，说起话来有条有理，干脆爽直。在家里也是位操持家务的好手，把朱部长的生活照顾得无微不至。

我和妻子很羡慕郑姐和朱部长一家的工作与生活，家像家业像业，充满温暖与活力。朱部长从宣教部调到烧结车间任党支部书记，人们都说他这是下基层镀金来了，为晋升厂级主要领导预热。

我对此深信不疑，因为在我工作将近十年所经历的多任领导中，唯朱部长格局大、心胸宽、能力强。尤其是有些领导时而出现的偏狭和低矮的东西，朱部长身上就很少见。每当我工作遇到困难的时候，他们夫妇都给予无私的帮助和鼓励，因此，我们两家关系比较密切，有的事情也就不刻意相瞒了。

某天，郑姐跟我说："老弟，有人说你大哥有外遇了，那姑娘是他单位办公室内勤小黄。"

我认识小黄，在团委工作期间，搞活动时见过这姑娘，只是不太熟。她身材娇小玲珑，长着一双会说话的眼睛。

对郑姐说的事情，我有些怀疑。我劝她不要轻信别人的捕风捉影，要用柔和的方法妥善处理好这件事，不要影响朱部长的前程。但她不听我劝，要彻底消除这个隐患。

对郑姐来说，朱部长是她的命，是她的江山，是她的珍宝，是她的一切。但是，她太焦急、太不安，她频繁地到朱部长单位看守、巡察，甚至主动出击找小黄交涉，以至于后来发展到与小黄对质、争吵的程度，渐渐地就把这件私事搞得满城风雨。

经过几年的折腾，最终，郑姐与朱部长还是离了婚，朱部长也失去了晋升的机会，孩子的成长也受到不少影响。一个好端端的家庭就这么散了。

朱部长本是一位大有前途的优秀干部，由于感情问题处理不当，造成家庭解体、仕途止步的结局，也许悔不当初。

在我眼里几尽完美的朱部长，应该了解自己发妻的性格，应该懂得如何防止这类事情的发生。而为什么竟然放任到家庭解体的地步呢？我肯定，这绝不是他的初衷。郑姐对朱部长是爱之深、恨之切，不料操之过急，结果事与愿违，无可挽回。

离婚后，郑姐把儿子带大，上了学、成了家、立了业，朱部长也尽了父亲的义务和责任。郑姐曾尝试着再婚，多番努力皆未成功，因为，她一直深爱的是朱部长。

我无法体会郑姐那份刻骨的孤苦，更无从得知朱部长是否也心存遗憾。

有位经历厚重的老大哥跟我说过："离婚，比预想的难度和破坏程度要大许多倍；再婚，比预想的美好要小许多倍。因为，天长日久，激情燃尽，终究还是归于平淡与琐碎。"

我对离婚是持谨慎而宽容态度的。

我们不应该让某个明朗的生命坚守在无尽的暗夜中，不离不弃。我们也要清楚没有十全十美的婚姻，重建家园，仍然会有诸多未知的矛盾扑面而来。

有些人离来离去仍然幸福满满，这不全是婚姻本身的幸福，而是他们拥有脱离婚姻仍然有独立生活的能力。他们有特殊力量支撑起来的生活，无论有无婚姻都可以有尊严地享受快乐。在生存艰辛、物欲横流的时代，完全获得经济独立和人格独立的人毕竟还是少数。

无论是谁，都不要站在道德制高点上谈论感情和婚姻。不要给情感讲道理，因为，情感这东西本身就没有那么多的道理而言。正因为它没有道理，才会有海枯石烂，才会有海角天涯，才会有不离不弃，才会有生死相依。在情感问题上，执着于"道理"的结局就是当你牢牢地紧握着你那些所谓的道理时，也许你的家已经没了。

在经营好家庭和夫妻感情问题上不仅要靠艺术的方法，更需要时间的参与。时间，就像一片海，会沉淀和稀释生活中所有的复杂与不堪。

原本相爱的两个人要安定下来，柔和下来，平静下来，彼此都让对方有时间冷静，有时间比较，有时间掂量，有时间消化，有时间妥协，或者有时间隐退。其实，给对方的时间就是给自己的机会。让对方把过剩的心理或生理的荷尔蒙释放出来，而后归于平静和清醒。挣扎或沉静后的选择，才是最佳也是最合理的权衡。

充满爱的家庭像一道道阳光，这阳光可以照亮你生活中的每个角落。你的生活是灿烂的，你的奋斗更有意义，你的灵魂有了爱的依靠，你幸福的滋味才会丰盈而饱满。人的一生颇为不易，给予生命中的另一半多一些耐心和体谅，多一些宽容和守候吧！

不能承受的生命之轻

我有个习惯，每过一段时间整理一番书柜，顺手翻腾一下里面的一些资料。那天整理书柜时无意中翻到了我的经济师资格证书。看到证书，我想起了同学吕清波。

我在古城镁厂任副厂长时，吕清波是总公司人事部科长，我的经济师资格获得冶金部批准，是他第一时间通知了我，后来也是他第一时间将证书送达给我。

我和吕清波是古城牌楼镇中学的同学，虽然不是同班，但彼此认识。毕业多年后才知道，我们各自所在的单位都隶属于辽宁耐材总公司。

我调到石桥政府工作后，清波调到了市广播局任局办主任。他的文笔好，协调能力也足以胜任工作，在这一方天地中，也是生长得雨露滋润。

局办主任的工作有不少交际和应酬。不知在哪年哪月的哪一天，清波走了桃花运，在一家歌厅陪客人的时候认识了一位北国之村的女孩。一来二去，他与那个女孩擦出了爱的火花。过了一年，火花变成了火苗。女孩喜欢上了清波，决定要嫁给他，要给她生孩子。

清波没有这方面的打算和思想准备，也不具备解体一个旧家庭、建立一个新家庭的力量。他与女孩开始吵架，分分合合，折腾了一些日子。

据说，女孩提出要十万元分手费。清波拿不出这么多钱，女孩便威胁要找清波老婆，还要找清波单位领导，公开他们的关系。

两人终未达成妥协，彻底翻了脸。先是骂，后是打。激怒之下，女孩被清波用锤子打死在他们租住的房子里。清波没有想过事情会发展到这一步。他在极度恐惧中，选择了毁尸灭迹——买了一口大缸，盛满硫酸，将女孩遗体封存于缸内。

女孩不懂得事物有极限，也不清楚对愚蠢至极的人，逼迫他跨越底线，可能要承受的危险和代价。

有一天，几位同学到石桥来看我，清波也在其中。那天饭局，杀了人的清波就坐在我身边。我看他有点神情恍惚，问了他几句，他说是单位又在人事调整，感觉有些压力。我永远不可能把清波与杀人的事联系在一起。世间一切事物都处于发展和变化中，包括命运，当然也包括人性。

事情的败露缘于吕清波记错了交房租的日子。房主手里有钥匙，开门进屋，看见了久不住人的房子里凭空多了那口恐怖的大缸，和浮在上面的碎骨。房主报了警，吕清波随即归案。案件并不复杂，清波认罪，最终被判了死缓。

后来，同学聚会不多，也无人提及此事。只知道清波的妻子病了、孩子也病了，而且都得了重病，大家都为清波感到遗憾与惋惜。

清波在由立足社会的体面人蜕变成"魔鬼"的过程中，既毁灭了自己，也毁灭了亲人和家庭。

人生路上有美景，也有很多坑。但那些毁灭人生的大坑，往往都是自己挖出来的。有的人，等到生活开始惩罚自己才想到了忏悔。这个世界有侥幸，但不宽恕侥幸。不要轻易把自己拖入无可挽回的绝境中，不要让命运为你的贪婪和愚蠢埋单。

不去欺负生活，生活就会给你阳光：不去欺骗生命，生命就会放射光芒。

清白干净的灵魂，让你无愧过去，不畏将来。

大姜的"美满"

我当科长时，全科十几名中层干部中，老婆比较妩媚漂亮的还属"大姜"家里的那位谭老师。

大姜和谭老师是在鞍山铁东医院认识的。那年大姜的妈妈因阑尾炎手术住院，他在医院护理。谭老师也在那儿住院，但因家在外地，没有专人护理，这给了大姜献殷勤的好机会。朋友们经常跟大姜开玩笑：老娘割了阑尾炎，大姜抱回"美人谭"。这等巧事可遇不可求，得算是他们的缘分。

大姜娶了谭老师，一年后，谭老师生了个大胖儿子。这把大姜乐得，每天上班，一路上哼着小曲儿一直哼到办公室。

金无足赤，大姜哪点都好，就是稍微有点"娘"，为人处事那股爷们儿劲稍嫌不足。这一年多，同事中有传闻，说大姜出差时，谭老师在家有点"状况"。尽管没人与大姜说这事儿，但没有不透风的墙，大姜还是发现了一些蛛丝马迹。

有一天，大姜跟我请了两天假，却又莫名其妙地告诉我，若谭老师问起来，就说科里派他出差了。

那天晚上八点多钟，有人急促敲门。我开门一看，进来的是大姜。他脸色如丧考妣，眼含泪花。

"大姜，你这是怎么了？"我急切地问。

　　大姜哭丧着脸说："科长，你得帮我拿主意呀！"

　　原来，大姜故意放风出差，实则在家蹲守。刚刚天黑不久，谭老师已经把"相好的"放进了家门。大姜亲眼看到，气愤之下，就从外面把人给锁到屋里了。"神"请回来了，可怎么处置，大姜不知所措。于是就跑到我家来了。

　　情况十分紧急，必须马上决断，那边还锁着一对激情男女呢，闹不好会出事的。

　　"大姜，你这是冲动的做法。必须冷静，这是会出人命的大事。我只问一句，日子，过还是不过？这婚，离还是不离？你要马上决断！"

　　大姜犹豫中，我急切地告诉大姜，"没有时间思考了，现在你要做的是，若你坚决离婚，现在你公开去把人放走；不想离，你自己回去不要露面，然后悄悄把人放走，给谭老师留点面子，日子还是要过的。"

　　大姜抽烟的手气得直抖："孩子小啊！孩子小啊！咋办？"

　　我明白了大姜还是不想离婚。再说，家庭的事劝合不劝分，能成全必须得成全。我和大姜家只隔三栋楼，我陪大姜到了他家门口，安慰他："你回家什么也不要说，就像什么都没发生一样，谭老师也是个明白人，也许以后就收心了。"

　　这一晚上，我一直有点不放心。第二天，我收到了大姜的短信："谢谢科长，谭老师病了，我在医院陪护，不要紧的。我休息一天，后天照常上班。"

　　后来我才知道，谭老师那个晚上哭了半宿，吞了一把安眠药，大姜发现后，把谭老师送到医院抢救。这也算是夫妻俩有了个消化矛盾的台阶。后来，那个男的想给大姜家里一些补偿，大姜坚决没要。据说谭老师跪地表态，今后要好好跟大姜过日子。有人说大姜坚决不要人家的钱，这回终于像个爷们儿。还有人说，是大姜给谭老师跪了，一心想要和老婆好好过日子。

夫妻之间，珍惜也好，将就也罢，只要还在一起过日子，共度生活之辛苦，同享生命之快乐，至于谁跪了，不重要。

很久之后，大姜约我喝了顿酒。他说："科长，你那天说得对啊！不到万不得已，真的不可以用那样的方式处理夫妻间的矛盾，那是永远的阴影和伤害啊！"

大姜之后的生活一直很平凡，也很平静。很多年过去了，大姜和谭老师都已经退休了。那天，我在大连机场碰巧遇见去丽江旅游的大姜和谭老师。夕阳下，只见俩人拉着手，一脸的祥和幸福。

这又让我想起了自己的那句"名言"：时间，是一片海啊！

守口如金

人与人的沟通交流离不开语言，而语言的运用却因人而异、大相径庭。会说话的人，可以把话说得有理有据、有节有趣，听起来令人悦耳，耐人寻味；反之，则无章无法、无秩无序，出语伤人，令人生厌。说话是否得体，是关乎人生与事业的大事。

一九八一年秋，来自沈阳建工学院的大吴，与我同期毕业并同时分配到古城镁厂工作，他被分配在机铸车间的锻造工段。

那天，段长将大吴介绍给当班的工友们，并让他讲几句话。

大吴说："我要努力工作，钻研技术，让自己学的知识发挥作用……"他本来开头说得挺好，可说着说着就有点跑调，"现在，我已是一名革命干部了，一定坚持原则，要敢于向坏人坏事和不良行为作斗争……"

若是位老工人这么说话，没什么大毛病，可这话从一个刚刚入厂的大学生嘴里说出来，情形就不一样了。作为一个刚刚步入社会，刚踏上工作岗位的新人，当务之急是学习，向工友们学习，向生产实践学习，在学习中成长、成熟起来，逐步赢得认同、信任和机会。大吴一上来就要"作斗争"。你斗谁啊？你斗得起谁啊？

工友们毕竟不是圣贤。一个学生，刚进入一个新的群体，本该谦卑，大吴却高调逞强，这让工友们对他产生了戒备和排斥心理。从那天开始，有的工友就给大吴起个绰号叫"革命干部"。

刚毕业的学生，根基脆弱，是经不起风吹雨打的。大吴就因为说话不合时宜，让工友们听了不舒服，在本来正常的成长环境里，不经意间为自己累积了负面影响。

一天，我随厂办主任下基层调研，恰好在大吴所在车间召开关于"增产节约"工作的小型座谈会。我利用厂办秘书的身份邀请大吴参加了会议，没想到大吴的发言围绕主题只说了三言两语就离了谱："车间为什么不设资料室？连资料都不齐全让我们怎么来钻研技术？技术不过硬对增产节约是不利的……"

我听着心里急，这样的场合应该说自己对"增产或节约"的建议，或说说自己能为此做些什么，要围绕着会议的主题发言才对呀！后来在我的示意下大吴才停住了跑偏的话题。

大吴是位率性青年，善良、好学、朴素，就是偶尔说话的边界有一点突兀，总是说不到点儿上，他的表达方式会让听者生厌。若工友们不认可你，工段长怎能认可你呢？工段长若不认可你，车间领导又怎可能给予你成长进步的机会呢？当同学们一个个脱颖而出走上重要岗位时，大吴却仍在那里原地踏步。

初入社会的大学生就是一株幼苗，工友就是你的土壤、雨露和阳光。你只有谦逊、敬畏，才能茁壮成长。倘与自己的土壤、雨露和阳光作斗争，还如何成长呢？

说话，要分场合，要扣主题，要实事求是，最好要有让人耳目一新的见解。同时，要释放善意和正能量，当然也要有所顾忌。畅所欲言与信口开河之间，既是分寸的把握，亦是个人修养的诠释。

　　弥漫在生活和工作中的很多是非都是说出来的：一句话可以引发战争；一句话可以毁掉合同；一句话可以断绝缘分；一句话可以丢掉性命。

　　说话的金钥匙就是要把话说到别人的心窝里。只有这样，人家才会舒服，才会送给你一片"人间的四月天"。守住口，说合适的话，说得体的话，说暖心的话，才会守住自我的万千气象。

　　说话这本事与父母有很大关系，父母要教导子女懂一点"见什么人说什么话，到什么山上唱什么歌"的道理。这不是油嘴滑舌，而是得体、有分寸、有教养。父母倘若不教导孩子，便轮到社会来教导。那得付出多么大的代价啊？

　　说话、办事、做人，是决定人生成败的三大支撑：会其一可立身，会其二可出众，会其三则出类拔萃、鹤立鸡群。会说话是本事，而且是大本事。语言的魅力可以改变一个人，可以改变一件事，甚至可以改变世界，决定未来。

好友敬元

敬元，是我妻子的老乡。我比他早一年分配到古城镁厂工作。敬元来了之后，我的同学朋友圈里又多了半个老乡，自然是开心欢喜。

敬元总是一身深蓝色中山装，帅气得就像电视剧《新星》中著名演员周里京扮演的李向南，酷得冷峻。

敬元床头的小书桌上总有几本书，连同那支英雄牌钢笔总是横平竖直地摆放着。书桌里，往来的旧信封，敬元都小心翻过来剪贴好了，用起来和新的一样。

敬元为人低调、谦和，见到机关的老同志们，礼貌有加，让我们一般人很受教益。

有一天，敬元请我去饭馆吃饺子，等到服务员把两盘饺子端到我们餐桌上后，我三下五除二，几个饺子瞬间进了肚子里。

只见敬元端着盘子，直接到前台去找老板娘说："大姐，您给我的饺子每份应是三十个，这才二十六个，少了四个。给我补上吧！"这一细节，足见敬元明察秋毫、细致缜密。

时光荏苒，我已调到总公司企管处任培训科科长一年多了。曾梦想一直以来对我关照有加的李处长会继续栽培我，引领我走得更远。那年夏天的一个上午，李处长陪着敬元一起突然出现在处里的办公室，一起出现的还有公司组织部的部长。

敬元过来紧紧握住我的手，暗示我，他有些话会择机告诉我。李处长说话了："我向大家介绍一下你们的新处长，敬元同志！"

李处长调走了，他过去曾经说过打算培养我的话，不知什么原因近几个月却再未说起过。现在我似乎明白了，李处长早就知道敬元的到来，只是不便或不想告诉我，而我也未曾再提起过。江湖上的规则是，大哥该给你的无须去问，不想或无力给你的又何必去问。

好友敬元坐上了处长的位置，这对仕途无所依靠的我来说是一种潜在利好，在我替敬元高兴的同时，心里还有一点点的失落，这种微妙的感觉在我的血液里轻轻流淌了一小段时间就自然消失了。坦白地说，我的灵魂深处曾对处长这个位置有过期待。

敬元比较善待我，尊重我。秋季的一天，企管处下发文件到基层，共计要印发五百多份。管理科张科长带领全科人员，推着油印滚筒，一张张地印刷文件，我也带人过来帮忙。

两天时间，一摞子文件印刷、装订全部完成，大家也累得够呛。中午，张科长请我们吃饺子，我边吃边想起了敬元曾经请我吃饺子的情景。一晃过去三年多了，当年一起吃饺子的好友敬元，现在已是自己的顶头上司了。

再好的香水也干不过韭菜馅饺子。大家带着满嘴的韭菜味回到处里，没想竟被眼前景象惊得目瞪口呆：印好的文件有几份被撕碎，办公桌上有敬元留下的关于标准文件的样本。他要求：两个订书钉的间距要一致，订书钉与纸张四边要对称、平行，等等，标注得十分仔细、明确、清晰。

敬元从办公室走出来，言简意赅斩钉截铁地说："各位，对不起了！我一时冲动就给撕了。以后所有文件，就按我这个标准来办。"管理科张科长面色苍白，沉默无语。

下午，敬元拽我到基层调研，下楼梯时，他拍着我的肩膀说："别介意，与你无关。"说真的，我与敬元是多年的朋友，从未见过他有这么大脾气，我有些不安。看来，人的脾气和性格也是多面的。处长敬元与朋友敬元，天壤之别啊！

回想起来，我养成严格细致的做事风格一定程度上还是得益于敬元的影响。一个人，仕途上能有一段严格的历练是很有必要的。但长期与一位如此严格的同龄上司一起共事，怎么可能永远一帆风顺阳光明媚呢？

后来，我因妻子有病手术治疗需要照顾，调回了古城镁厂的福利科任副科长。此时正值我经历一段严格的工作考验和历练后，让我既学会了严格，又成功避过了长期严格之下可能产生的摩擦。这使两位同龄好友处在续航友谊恰到好处的距离上。

再后来，敬元全家移民英国，事业有成，儿女成双，生活美满。

有次他回国省亲，我们聊起那段同事时光，尤其提起他撕碎文件的事儿时，大家笑声朗然，敬元有些遗憾地说："咱哥俩在一起共事的时间太短暂了！"

我脱口而出："一年不短，恰到好处。"

朋友大梁

生活中，让你处处对心思的人是没有的，同样，你也不可能处处让别人满意。所谓知己，不过是了解与信任基础上的相互妥协与包容。生活中，我们面对大事，必须坚持原则、坚守底线。而对待一般的事，尤其是普通的事，还是宽容为好。

一九八三年深秋，单位照顾大中专院校毕业生，我和大梁有幸都分到了紧邻的同样大小的一间十二平方米的小房子，从此都有了各自的小家。我们两家成了邻居，后来自然也就成了朋友。

大梁妻子与我妻子是同一年怀孕的，那段时间，我常常与大梁一起去农贸市场买菜。我买菜加买肉，不用半个小时就买好了。但每次都要在卖肉的摊位前陪大梁选肉。陪大梁买肉必承受小小的煎熬，他精挑细选：从血脖肉、排骨肉、腰条肉、臀肩肉，翻来覆去，拿起放下。这块皮多，那块骨大，另一块肥肉厚。他再三挑选着、比较着、纠结着。那位卖肉师傅每次都皱着眉头应付着大梁。

大梁买葱会摘掉黄叶子，买白菜会剥去老菜帮子。总之，同样的钱，大梁买的肉和菜肯定比我买的或好或多。好在妻子从来不计较我买了什么，也知道我不爱费这份心思，能给她买回来就不错了。用她的话说，"不把猪肉买成驴肉，不把白菜买成萝卜，就很知足了"。

一天，大梁又约我去市场买菜。在肉摊上，大梁因为忘记了带钱，我便把钱包递给了他。

往回走的半路上，突然，他一拍大腿说："哎哟！不好，你的钱包落在肉摊上了！"

那时候，我们一个月才挣四十多元钱，估计钱包里至少还有二三十元呀！于是我俩一起去肉摊找钱包，卖肉师傅有些幸灾乐祸地说："钱包？没看见哪！"

我说："师傅，钱包是我的，里面有不到三十元，还有两张报销用的汽车票。"

我从师傅的微笑中似乎看出了钱包就在他手里，师傅其实是在刁难时常在自己肉摊上买肉又总是挑三拣四的大梁。

"哎呀！是你的我就捡到了还给你，是别人的，我就送市场管理所了。"师傅一边说着一边把钱包还给了我。

大梁听这话有些不爽，要与人家理论，被我拽着走了。路上，他还在抱怨那位师傅，我一直沉默无语，心想：如果钱包真的丢了，大梁一定会执意赔偿，而我又怎么好意思接受呢？钱包找到了真是庆幸。

我说："咱得谢谢人家，毕竟给我们了。"

大梁说："凭什么是我的钱包就上缴呢？明明是想自己留下。"

有一天，我和妻子想去大梁家里坐坐。刚到大梁家门口就听到屋里两人正在吵架。反正也不是第一次遇上这种情况了，两家又常来常往，我们就推门进去了。原来是大梁妻子去市场买的鸡蛋个头儿太小，正被大梁埋怨责怪着。经我们一番劝说后，夫妻俩又和好了。我们出门时，大梁妻子说："还是老贾这样粗拉拉的性格好，咱家老梁太细，太计较了。"

大梁工作很努力，勤奋、好学、专业技术很棒。我俩几乎同时期走上重要工作岗位，成为大型国企主要管理者之一。在领导岗位不过两年多时间，他就与两位核心成员搞僵了。其中是非对错不能妄加评判。虽然，未必都错在大梁，但至少与大梁在一些问题上太过计较的秉性必有关联。

工作与生活就是人与人之间的相处、交流及互动。在这个充满协同与合作的过程中，有时须求同存异，有时须妥协包容，有时要彼此兼顾，有时要顾全大局。谁学会了这些，谁就会赢得未来，甚至可以获得更大更好的发展空间。

其实，一个人如果胸襟再通达一些，眼界再开阔一些，得失再淡泊一些，个人性格的局限，会有很大的改观和完善。

后来，大梁举家迁居河北衡水老家。风华正茂的大梁与妻子打拼十几年的积淀，尤其是用心血和汗水浇灌的生存与发展的空间，是无论如何都带不走的。回到老家后一切都得要从头开始，肯定是很不容易的。像大梁这么精细的人，要走，一定有走的道理。但怎么会没有苦衷和遗憾呢？

一九九七年，我带领政府一行人去山东寿光考察蔬菜产业化时，赶到衡水看望了大梁，他一家的日子过得还不错。聊天中，感觉到他与当下领导的关系仍然有些纠结。

晚上，大梁在衡水最好的饭店里招待我，三两老白干下肚，我有了直言不讳的勇气。我诚恳地说："大梁，大事儿是越讲越清楚，小事儿是越让越舒服。你老兄，守正道，干实事，是个好人，但在一般事情上要少较真儿、少计较啊！"

　　生活中，毕竟是大事少、小事多。严于律己，宽以待人，让心胸宽阔一些，不与小事纠缠，对那些影响心境或有点烦扰的事情，尤其是那些无损大局的事情，切不可揪着不放，而是要让它快速从你的生活中穿梭而过，你的世界会豁然开朗。

　　"风来疏竹，风过而竹不留声；雁渡寒潭，雁过而潭不留影。"不与小利计较，不与小事周旋，这样天长日久，与你相处舒服的人就会越来越多，你的工作和生活就会更加顺畅通达。

　　临别时，大梁紧紧握住我的手说："老弟，你说得对。不较真儿，少计较，明天生活更美好。"

黑手是谁

我的结婚纪念日恰逢国庆期间。

有一年国庆期间，我答应妻子陪她逛商场。早上一开门，门外恶臭熏天。我就很奇怪，门前楼梯间地面是干净的，一转头，发现我家门上被抹满了粪便。

第一个念头就是自己得罪人了。我带着疑惑来到供应科寻找答案。门卫师傅报告说办公楼东头窗户的玻璃被砸了。

抹门、砸玻璃，坏人很猖狂啊！

这件事情的发生令我感到非常意外和困惑。下如此重手是针对我吗？我自问没有做什么过头的事情啊。

于是，我在加强值班的同时，还安排了蹲守。但黑手始终没有再次作案。同时，我也对科里的每个人都进行了排查，锁定两个重点嫌疑人。

某天半夜，其中一个嫌疑人突然打来电话说："科长，我对你有看法！科长，我对你有看法……"语无伦次，醉话连篇。我想，黑手不会这么沉不住气，于是排除了对他的怀疑。而对另一名嫌疑人，我在后来的观察中也排除了他犯案的可能性。我的队伍中没有黑手，我很欣慰。

时间过得很快，转眼就是一年。一九九三年国庆假期。早上开门，我家门上又被抹满了粪便。

我并没有惊讶，因为我十分清楚，对我来说黑手不过是一口痰、一坨狗屎而已。

多年之后，我已调到辽南某市工作生活。某天早上，电话铃响，一个男中音说："老弟，案子破了，往你家门上抹脏东西的事儿是 × × 干的，她因一件事不满意，给我家也抹了。"打来电话的是古城镁厂的老领导。

古城公安局的朋友想帮我把这件事立案，查个明白，我觉得没有必要。

后来我了解到黑手是名女士，老公跟我在一个系统工作，因为我在某次会上强调的问题对其老公产生了威胁，她怕老公失去职位，于是亲自出手打击我，目的是使我于恐惧中放松监管。

事情过去好多年了。想起这段经历，我已不记恨这只黑手了，只觉得这就是自己经历过的一个普通故事，像个笑话。

生活与生命中，伸向你的不仅有温暖之手、扶持之手和友谊之手，有时候也会有伤害之手、卑鄙之手，甚至罪恶之手。往往，无形之手伸向你的时候，你根本无法预知，更无法防范。你要做和能够做的，就是让自己的双腿更加坚定、有力，在阳光下站直了，昂起头。

王姑娘的成长

这些日子腰又有些不舒服。腰椎疼痛是我的老毛病，陪朋友喝茶聊天时，坐一会儿就得站起来活动一下。好在茶馆旁边有家中医诊所可以做电疗和艾灸。为我诊治的技师是位吉林女孩，大家管她叫小王。王姑娘十七岁出来打工，学习中医理疗技术，在这家中医诊所里已工作三年多了。

前两年王姑娘恋爱了，是通过来诊所治疗的客人给介绍的。介绍人是消防中队的队长，看王姑娘朴实、正派、工作精益求精，就把王姑娘介绍给了他手下的一位消防战士。

两位年轻人走过了两年的恋爱时光。我以为她们应该快要谈婚论嫁了。

"小王，什么时候可以喝你的喜酒啊？"我问。

"喜酒喝不成了，已经分手了。"

小王很实在地把他们分手的原因告诉了我。她对我说，小伙子去年转业了，国家照顾消防兵给安排在一家国企工作，每月工资两千多元，企业给缴五险一金。小伙子到那里工作快一年了，工资勉强够他自己花销，基本没有什么结余和储蓄。这让小王看不到希望和未来。

小王对我说："领导，我不是眼睛只盯着钱看的那种人，如果只认钱，我早去夜场干了，干吗坚持学门技术，靠劳动挣着辛苦钱呢？"小王继续说，"我男朋友对自己的现状虽然不满意，却一天天地混日子。他是不是该努力学点什么？或者有个目标、有个规划？年纪轻轻就这么不思进取，结婚后凭什么撑起我们未来的家呀？"

我说："小王，你是个好学的姑娘，又成熟、自立，完全可以带动男朋友边工作，边学习。你甚至可以把你的技术传授给他，有一天你们积蓄一定的力量了，开一间属于你们自己的中医理疗店，那多好啊！"

"领导，您说得对，我原来也有这个打算。他转业时部队给了几万元，这几年还攒了一点。我让他留住，没想到都让他的两个姐姐借去花光了。他自己心里没谱，还不与我商量。不仅这样，这两个姐姐还从我手里借钱，借了也不还。我向男朋友诉苦，他还说一堆理由帮姐姐们搪塞、推诿。我觉得他的家庭里特别缺乏诚信和契约精神，我若继续与他走下去不会有什么前途的。"小王说得有板有眼，都说在了点儿上。

"姑娘，你还知道契约精神呢？真行啊！"我说。

"领导小看我了吧？来我们诊所的客人，各种老板都有，契约精神和诚信意识是他们常常谈论的话题。"小王说。

尽管王姑娘对诚信意识和契约精神的理解也许有些片面，也许未必那么深刻，但她成长的潜力与格局却正在形成和提升。人啊！一定要走出去，经风雨见世面。小王只是二十出头出来打工的农村姑娘，刚经历几年的锻炼，视野竟如此开阔了。在工作和生活中，她正在构建和提升自己的生命价值体系，这是多么难能可贵的人生成长啊！

听了小王一番话，我为她高兴，她的决定是正确的。青年人，要么吃苦耐劳，靠辛勤和汗水壮大自己的实力；要么好学精进，靠技能和本领面向未来。就群体而言，社会现状对青年人理想的激励和召唤一定是有较大影响的。

但就个人而言，谁都无法选择自己的家庭出身与生活背景，更无法去选择时代和社会。个人不应把命运的改变全部寄希望于时代和社会，而应发愤图强，与时俱进。

当下社会阶层的分化与固化是个不争的事实。聚集千万财富的家庭毕竟还是少数，普通人除了努力，哪还有别的捷径可以选择呢？也许有人说，努力也没用，也改变不了命运。在任何时代中，一个人，尤其是年轻人，学习与进取、努力与奋斗，去做完全惠及自身命运的事情，难道还需要理由吗？

创业很骨感

几天前的一个下午，马先生来我茶馆喝茶，与他一道来的还有他的大学同学及其女儿。

马先生是我的好朋友，他鼓励我现身说法，与随来的女孩儿谈谈大学毕业后该如何选择就业方向和创业的问题。

可以看出，马先生的这位同学是位好父亲！他非常尊重女儿的想法，把女儿带出来也是想听听来自不同角度的声音。

女孩子是个很有想法的孩子，计划如果找不到理想的外贸企业职位就去天津开一家宠物店。

我告诉女孩，去天津直接开店不如先去天津找一两家宠物店打工，一边工作一边熟悉情况，留心和掌握尽可能多的经营和管理宠物店的相关经验和信息。通过切身的实践，再重新定位、丰富、完善，甚至修正自己的想法和选择，既可以事半功倍，还可以降低创业风险。

这也不是简单的事情，需要考虑得很周全。比如：店面多大，如何选址，装修装饰的风格，设备设施的布局，房屋租金多少，人员招聘与培训，工资、物业费、水、电、暖等各项费用的开支，有无纳税和缴费，总体投资预算是多少。

还要清楚盈亏平衡点是多少，也就是最低的保本营业收入情况，还要知道客户在哪里，市场有多大，如何吸引和留住客户，客户的总体消费是什么样的水平。

若你的员工需要宿舍，必须停掉煤气改用电磁炉。因为，神仙都保证不了当下玩手机上瘾的年轻人一定能够关好宿舍煤气的阀门。几年前，我的茶馆有六名服务员，租了茶馆对面的三楼民宅作宿舍。因一位服务员烧开水没有关好煤气阀门造成煤气泄漏。幸好夜班服务员回来发现、救护得及时，否则后果不堪设想。从那之后，员工宿舍就彻底关闭了煤气。生命安全大于天，只要一个疏忽，任何人身安全隐患造成的后果，都将使创业者万劫不复。

还要想到你的店铺一旦水管爆裂、暖气管道突然漏水时该如何抢修，防火、防盗功能和系统是否有保障，支付系统、通讯和网络系统都要确保正常。税务、工商、卫生、消防以及银行等部门对于证照的登记、年检、备案等工作，不一而足。麻雀虽小，五脏俱全。

创业是件骨感的事。原则上，大学生现在不要轻易借钱出来创业，也不要轻易把父母辛辛苦苦攒的养老和保命钱拿出来做生意。而且，要设定你的风险承受能力的底线。若没有几次工作经历，没有在社会上摔打几年的历练，刚出校门的大学生出来创业，是赔钱的居多、赚钱的居少。往往只要一桩生意经营不善，一年下来，几万、十几万或几十万的投资轻轻松松就赔掉了。现在的中高等教育的普及程度已经很高了，大学生是人才，但更是一名普通的劳动者，要接受这种普通和平凡。刚刚步入社会的大学生，要有自知之明：自己能干什么？能为别人或为社会贡献可使用、可交换的劳动成果和劳动价值是什么？可以满足别人或社会什么样的需求？这种需求和价值是普通且过剩的？还是稀缺而紧俏的？

理想固然可贵，可是不要让理想脱离了现实。不要眼高手低、好高骛远。对于能力一般的、没有经验的、缺少人脉和资金的人，还是要老老实实地工作。创业是一件厚积薄发的事情，年轻人还是要多学习，多历练。

创业是一种选择，更是一种坚守，是对梦想执着的追求，也是对自我的反思与沉淀，创业是在积累中缓慢隐忍，是在积攒充足之后满怀激情的释放，它是一种带有热度的爆发。

那些成功的人，不是因为他们选择了创业所以成功，是因为他们完成了自我的积累与充实的过程，当机会来的时候，成功的必然就是他们。平凡、普通、踏实，是最靠谱、最有希望的开始。创业是艰辛的，一点也不浪漫。投资有风险，创业须谨慎。莫道怀才不遇，谨记天道酬勤。

大伯的"好运"

人世间的事儿，究竟哪些是天意，哪些是命运，哪些是因果，哪些是阴差阳错，哪些是自作自受，我们既无法弄明白也不可能搞清楚。

在二十世纪四十年代后期，我的大伯与老乡被国军"抓兵"到辽南地区大石桥铁路段，稀里糊涂地当上了火车站值勤警察。

大伯在车站干了两年多，后来共产党的部队与国民党的部队在辽南地区展开了拉锯战。一段时间解放军占领大石桥镇，国军跑了；过一段时间，国军又抢回大石桥镇。

时局动荡，大伯与老乡商量着逃跑，打算回家乡。那天，时机终于来了，老乡把枪送回了警务室，可没等大伯把枪送回，解放军就进城了。于是大伯只好带着枪跑回了家。我没机会问大伯当时为什么不把枪丢到水沟里，而是带回了家里。

在乡里，爷爷家应该是中农水平，日子过得不算富裕，但基本上能解决温饱，也有自己的房子和院落。那年冬天，爷爷家后院雪地里，靠墙码放着一捆一捆的大葱。大伯便把带回家的枪藏在了一捆紧实的大葱里。之后，下过几场大雪，葱与雪冻在了一起，大伯竟也把这事儿忘到脑后了。

某天，解放军首长派几位战士来爷爷家借粮食，碰巧有个小战士内急，又碰巧小战士绕到了后院藏枪的那捆葱旁边。因为大雪覆盖了地面，小战士也不知道那儿堆着大葱，就往上滋尿，更碰巧这小战士尿憋的时间太长，尿足冲击力大，不仅把雪冲化了，还把藏在葱捆里那支枪上绑的一束红缨给冲得露了出来。

这小战士好奇，三脚两脚踢开了葱捆。可了不得了，一支盒子枪出现在小战士眼前。

解放军战士们立即包围了爷爷家。这时，大伯正赶着拉粮的马车往家走，发现自家院子里情况不妙，便赶着马车连夜跑到鞍山躲在了亲戚家里。

爷爷被解放军带回去审查，说了儿子当年被国军抓走的情况，其他事情他就说不清道不明了。爷爷被关了几天禁闭，解放军就把老实巴交的爷爷放了。

许多年后，大伯在鞍山一家制鞋厂找了工作，安家立业，一直平安无事。

一场史无前例的"文化大革命"突如其来。大伯的事情被揪了出来，被打成了反革命。好在当年大伯是被抓走的，又是铁路警察，没什么民愤和罪恶。尤其是他平素处世厚道，与人为善，人缘好，所以没有被逼到绝境。

而与大伯同进同退的那位老乡，因为没有"那把枪"的拖累，加上大伯忠厚又守口如瓶，没有说出过老乡的那段经历，便一直过着顺风顺水的太平日子，并在我们县城当过多年不大不小的官儿。

造化弄人啊！人生有时什么都不差，也许就是差点运气吧。

对联

　　我父亲（1927—2016）是村里仅有的几位念过些书的人之一。尽管只读了三年，那在新中国成立前也是很不容易了。在穷山沟里，可以让读书人展示才华的地方不多，春节给乡亲们写春联是父亲很有面子的事情，虽然他写的字还够不上书法作品的水平，但作为写对联的毛笔字却还是拿得出手的。

　　二十世纪六十年代的"文革"时期，春节对联的内容大都是选用毛泽东诗词中的句子：

　　　　　春风杨柳万千条，六亿神州尽舜尧。

　　　　　唯有牺牲多壮志，敢叫日月换新天。

　　　　　梅花欢喜漫天雪，冻死苍蝇未足奇。

　　那年春节，父亲将这三副对联写给了三家紧挨着的邻居，这样就避免了内容的重复。

　　我们那个村的传统习俗是年三十的中午贴对联，贴完之后开始放一阵子鞭炮，下午三四点钟就开始吃团圆饭啦！

　　记得那天母亲正在准备团圆饭，父亲准备贴对联，邻居大哥急匆匆地就进了屋子，把手里的对联往我家炕上一摔，气呼呼地说："为什么把'冻死苍蝇未足奇'这句不吉利的话写给我们家了？"这个疏忽是口拙的父亲万万没想到的，他什么也没说，就把我们家那副对联送给了邻居大哥，把人家摔在炕上的那副对联自家贴上了。

那一年，咱一家人什么不吉利的事儿也没发生，田里的收成比往年还好些，养的猪也比往年的肥些，只还是没钱花，日子照样穷。

从那之后，每到春节父亲再写对联时，都要先征求邻居们的意见，直到人家满意了对联的内容才敢着墨，当然，还是离不开年年重复着的毛泽东诗词中的那几句：

> 中华儿女多奇志，不爱红装爱武装。
>
> 莫道昆明池水浅，观鱼胜过富春江。
>
> 天若有情天亦老，人间正道是沧桑。
>
> …………

段子·活法儿

一 烤鸭

我以前有一个邻居老广。他奋斗多年有了点出息，当上了古城钢厂的一个机务段长。

二十世纪八十年代，人们的物质条件比较匮乏，收入也偏低。老广去北京出差，买了一只烤鸭回来，放在冰箱里。这事儿被他儿子发现了，孩子多嘴，就把家里有烤鸭的事告诉了住在对面屋的爷爷。

当天，老广趁着天黑把烤鸭悄悄送到了厂长家，孝敬了领导。

他哪里知道，期盼这只鸭子的还有他的老子。这爷爷听孙子说老广买回了烤鸭兴奋了半宿。第二天见到了儿子，却没见到鸭子，老爷子心里十分纳闷。

第三天，老爷子终于沉不住气了，向儿子要烤鸭。儿子搪塞不过只好如实坦白。气得老爷子破口大骂，血压升高，住进了医院。

二 亲爹

我有位同事的部下叫林子，在地方政府的某个部门工作，是位普通的副职干部。

林子的爸爸一个人生活，身体不好，勉强度日，林子也很少去看望。

林子在副职的位置上干了好多年，一直没有当上正职。这一年多，林子三天两头跑到领导父母家里又是扫地，又是搬菜，忙得不亦乐乎。据说还给领导的父亲剪脚指甲。

功夫不负有心人，林子终于算是当上了正职！

三　偶遇

北京的夏天是炎热的。

奥运会那年夏天的一个下午，妻子有急事要回东北，我去北京站送她。我把她送入检票口，从站里走出来时，已大汗淋漓，短裤、背心都湿透了。

走到出租车候车区，对面一位西装革履的人似乎正在打量着我。我也看到了他，他是古城地区的一位老板。我们的关系是：交浅人熟，已多年未见。

我与他当下的仪态不匹配，作礼节性的寒暄除了展示我的疲态外，毫无意义。我收敛了视线，略微抬头向上，大步流星，径直走过。

这个招呼，不打比打好。他也许以为我没认出他，也许以为他自己认错了人，这样很好。

这个世间，但凡是不走心的，必然是走过场。人前的热闹不是尊重，我们只是一次不期而遇，又何必停下来言不由衷？